바다는 철문을 넘지 못한다

바다는 철문을 넘지 못한다

지은이 | 윤은주

초판 발행 | 2021년 2월 1일

펴낸이 | 신중현
펴낸곳 | 도서출판 학이사
출판등록 | 제25100-2005-28호

대구광역시 달서구 문화회관11안길 22-1(장동)
전화_ (053) 554-3431, 3432 팩시밀리_ (053) 554-3433
홈페이지_ http://www.학이사.kr
이메일 _ hes3431@naver.com

ISBN _ 979-11-5854-286-3   03810

학이사에서 기획, 발간하는 '산문의 거울'은 여류작가의 작품으로만 구성된 산문시리즈
입니다. 특색 있는 주제의 산문 원고를 가진 분이나 집필 계획을 가지신 분은 이메일
hes3431@naver.com으로 간단한 작품 소개와 연락처를 보내주시면 귀하게 모시겠습니다.

바다는 철문을 넘지 못한다

윤은주

學而思 | 학이사

공감의 파문으로 가닿기를

작년부터 계획했던 책이 해가 바뀌어 독자들을 만나게 됐다. 내 속에 들끓던 언어들을 세상으로 내보내면서 오래오래 바라보았다. 그 글을 남겼던 시간, 그 일이 이루어졌던 공간의 기억이 차츰 흑백사진 인화지가 현상이 되듯 선명하게 머릿속에 떠오른다.

글을 쓰는 일은 가뭇없이 사라질 것들을 붙잡으려는 몸부림 같은 것이었다. 연못에 떨어진 물방울이 작은 파문을 일으키듯 그렇게 내 삶의 순간에 와닿았던 의미들이 기록으로 남았으니 적어도 그 순간들은 찰나의 소멸에서 생명을 얻었다.

우리 생에 찾아왔던 2020년은 가혹하고 길었으나 이 또한 과거의 시간이 되었다. 긴 터널 끝 희미한 빛을 느낀다. 그 빛이 점점 선명해져서 우리 앞에 새로운 일상들이 시작되리라. 그 시작에 봄처럼 노란 표지의 나의 책이 독자들에게도 공감의 파문으로 가닿기를 바라는 마음이 크다.

이 책이 나오기까지 애써주신 분들께 감사와 사랑을 전한다.

2021년
윤은주

차례

모습

문득

흔적

모든

기억

모습

'사람 人'은 두 사람이 비스듬히 기댄 모습을 본뜬 글자라 한다.
사람은 애초에 약하고 외로운 존재라 누군가와 기대어서
제대로 서고, 누군가와 함께 의미를 만드는 존재다.
살면서 많은 사람을 만나고
몇몇 사람들과는 그렇게 기대며 의미를 만들어가는 것이 삶이다.

꽃무늬 두건

장애인 부모회에서 강의를 하는 첫날, 주관 도서관과 장애인 부모회의 기관 간 MOU체결이 있었다. 양 기관이 서로 도와 20여 회의 강의를 잘 마치고 장애인 부모들의 마음속 눈물을 닦아주려는 애초의 의도가 달성되기를 바라는 마음으로 치르는 공식 기관 사업의 당연한 수순이었다. 행사의 성격이 이렇다 보니 도서관장님도, 강사인 나도 옷차림에 평소보다 신경을 쓸 수밖에 없는 상황이었다. 그런데 수혜기관인 장애인부모회 회장의 옷차림이 너무 가벼워 보였다. 평소 옷보다 그 옷을 입은 사람의 가치가 더 중요하다고 생각해왔던 나였지만 그렇다 해도 무심코 보아 넘기기엔 부담스러웠다. 게다가 머리에 쓴 두건은 왜 그렇게 어울리지 않고 겉돌던지. '암 환자여서 탈모가 왔나?' 하는 생각이 얼핏 들었지만 그렇게 생각하기엔 혈색이 좋았다.

간단한 행사가 끝나고 강의가 시작됐는데도 나는 수강생으로 앉아있는 그녀의 두건이 계속 거슬렸다. 사실 그녀는 상당한 미인이었고 인상도 서글서글하니 무척 좋았다. 하지만 그 얼굴을 어울리지 않는 옷차림과 두건이 망치고 있는 듯했다. 나는 다음에 좀 더 친해지면 패션센스에 대해 충고를 좀 해주리라는 주제넘은 생각을 하면서 의식적으로 시선을 다른 곳으로 돌리려 애썼다. 하지만 뭐 하나 집착하면 기, 승, 전 다음 결은 집착대상이 되는 것이 사람 마음이다. "코끼리는 신경 쓰지 마." 하고 말했을 때 사람의 마음은 온통 코끼리만 생각한다는 심리학 연구 결과처럼 신경 쓰지 않으려 하면 할수록 그녀의 두건은 점점 내 마음을 지배했다.

이런 나의 눈길과 마음을 알아챘는지 이야기 나누기 시간에 그녀가 '앞으로 계속 강의를 들어야 하니 선생님께 양해를 좀 구하겠다' 며 두건을 벗었다. 두건 속에서 빡빡 깎은 민머리가 드러났다. 놀라웠다. 얼마 전 전

국의 장애인 단체와 부모회 등에서 청와대 인근에서 발달장애인 지원 국가 책임제 시행을 요구하며 시위했다는 뉴스를 들은 적이 있었다. 바로 그때 삭발식과 삼보 일배를 거행하며 피눈물을 흘리던 장애인 부모의 한 사람이 바로 그녀였다. 원래는 긴 생머리를 어깨 아래까지 길렀는데 이렇게 머리카락이 하나도 없으니 너무 어색하다며 웃었다. 민머리로 부끄러운 듯 웃는 그녀가 그렇게 예뻐 보일 수가 없었다. 어울리지 않다 싶었던 옷차림도 두건에 맞춰 입은 것이었구나, 비로소 이해가 되었다.

스무 살 넘은 장애 아이를 둔 엄마, 장애 부모회 회장으로 자신의 아이만이 아니라 그 지역 모든 장애 아이들과 부모들을 보듬으며 아우르는 것이 그녀의 일이었다. 아이들의 앞길에 도움이 된다면 머리카락뿐만이 아니라 더한 것도 줄 수 있지 않았을까, 그런 귀한 자기 헌신 앞에서 숙연해졌다.

그날 강의를 마치고 되돌아오며 생각이 복잡했다. 진실은 감추어지고 드러나지 않는 것이 많은데 나는 얼마나 나의 잣대로 보이는 것만을 멋대로 재단하며 남을 평가했던가. 그녀가 오랫동안 기른 머리를 저렇게 단숨에 잘라야 할 정도의 절박함을 생각지도 못한 채 나는 그저 보이는 것만 전부인 줄로 생각하고 패션 감각 운운했다. 부끄러웠다.

보이는 것만이 절대 전부가 아니라고 생각을 하면서도 실제로는 보이는 것만을 평가의 척도로 삼고 있는 나는 반쪽의 청맹과니였다. 마음을 개안하고 주변을 보면 얼마나 더 너그러워지고, 더 많은 것들을 볼 수 있을까. 그녀의 두건 속 민머리처럼, 내가 발견하지 못한 삶의 진실을 찾아 눈을 더 크게 떠야겠다.

열일곱 살 무렵의 우리

장마 끝 햇빛 환한 날 친구를 찾아 나섰다. 비 그친 하늘의 청량감 때문인지 습기 없는 바람의 간지러움 때문인지 마음이 설렜다. 마창 대교를 건너면서 바라본 바다가 햇살 아래 푸르게 빛나고 있었다. 그 바다를 가로지르는 다리를 건너 나는 풍선처럼 부풀어서 추억으로 날아갔다. 멀리서 친구가 손짓을 한다. 환하게 웃으며 손 흔드는 모습에서 40여 년 전의 그날들이 단숨에 소환되어 왔다.

손바닥만 한 동네에서 뱅뱅 도는 것은 나의 운명이 아니라 생각했던 중학교 1학년의 당돌한 가시내는 엄마를 조르고 졸라서 마산으로 전학을 왔다. 시골학교에서 꽤 똘똘하고 공부도 곧잘 했다 자부했지만 갑자기 열 배 이상 커져버린 학교와 낯선 친구들은 나를 주 눅 들게 했다. 시골뜨기의 열등감, 걸핏하면 라면으로 끼니를 해결해야 했던 언니와의 남루한 자취생활에 나 는 끝없이 작아져 갔다. 돌파구 없이 속 끓이며 다시 돌 아가고 싶다는 생각만 하고 있던 내게 친구가 생겼다. 아기 때 척추를 다쳐서 평생을 지팡이를 짚고 다녀야 했던 애숙이와 단짝 친구 연실이었다.

연실이는 초등학교 때부터 몸이 불편한 애숙이를 돌 봐주고 있었다. 집이 가까워 우리들은 금방 친해져서 등하교를 함께 했다. 유난히 계단이 많던 학교, 요즘 같 은 장애인 편의 시설은 꿈도 못 꾸던 때였다. 둘이서 아 침마다 애숙이 집으로 가서 한 명은 애숙이를 업고 다 른 한 명은 세 개의 가방을 들고 그렇게 등하교를 했다. 지금 하라면 무슨 핑계를 대서라도 피했을 일이리라 싶게 힘들고 시간도 오래 걸렸다. 하지만 그 힘든 일을 친구이기에, 함께라서 즐겁게 깔깔대며 해냈다. 그리 고 우리 셋은 끈끈한 동지애로 뭉쳤다.

연실이 집은 해방촌에 있었다. 경남대학교 앞 신마산 시장 뒤에 벌집처럼 다닥다닥 늘어선 판자촌, 양쪽으 로 밀집한 집들 사이 골목길은 겨우 한 사람 지나다닐 정도로 좁았고 개별 가구 화장실은 언감생심 꿈도 꾸지 못할 환경이었다. 연실이 집에 놀러 가면 아무리 급해도 동네 공용화장실 앞의 기다림을 감수해야 했다. 겨우 좁은 봉창 하나로 세상과 소통했던 집엔 지붕을 뚫어서 덧댄 유리를 통해서 들어오는 빛이 채광의 전부였다. 일찍 남편을 여의고 시장에서 생선 장사 해야 하는 엄마와 줄줄이 딸린 자식들의 삶이 오죽했을까. 비가 오면 집 안의 그릇이란 그릇은 모조리 물받이로 동원되어야 했던 집이었지만 우리에겐 더없는 놀이터였고 웃을 일도 많았다. 하지만 삶의 주름은 좀체 펴지지 않았다. 연실이는 중학교 3학년의 어린 나이로 엄마마저 잃었다. 그때 실이는 산 중턱의 엄마 무덤에 다녀와서 바람이 차서 엄마가 얼마나 추울지 걱정이라고 편지를 보내 나를 울렸다.

중학교를 졸업한 우리들이 당연하게 고등학교 진학할 때 연실이는 공장으로 갔다. 1년만 일하면 실업고등학교에 진학할 수 있는 것을 특권처럼 자랑하던 한일합섬이었다. 연실이가 당시 유행하던 말로 소위 공순이가 되어 돈을 벌고 있을 때, 우리들은 토요일이면 교복 입고 찾아가서 면회를 신청했다. 일주일만의 만남엔 할 말도 많아서 한일합섬 앞 빵집에서 연실이가 사주는 빵을 먹으며 늦도록 수다를 떨었다.

국민 의료보험을 꿈도 못 꾸던 그 시절, 몸이 아파 의료보험 카드를 빌려 병원에 가기도 했다. 그게 범법이라는 의식도 없이 그저 빌릴 카드 가진 친구가 있는 게 고마웠던 시절이었다. 우리는 편지도 참 자주 주고받았다. 매주 만났지만 할 말은 넘쳤고 못다 한 이야기는 편지가 되어 서로의 마음으로 날아다녔다. 친구는 그 편지를 기숙사 복도에 쪼그려 앉아 썼노라 했다. 3교대에 지친 스무 살 무렵의 그 처녀들은 서로의 달콤한 잠을 깨우고 싶지 않았을 것이다. 모두 잠든 밤, 쏟아지는 잠을 깨우며 쓴 편지들을 지금도 나는 간직하고 있다. 볼 때마다 열일곱 살 무렵의 우리들을 만난다.

사춘기 소녀들에겐 남루한 현실도 꿈을 향해 가는 길목의 고난일 뿐이었다. 하지만 현실은 그리 녹록하지 않았다. 연실이는 한일여자실업고등학교를 졸업하고 퇴사했다. 먼지투성이인 섬유공장의 열악한 환경도 진저리가 났고 3교대의 밤샘 근무, 늘 머리에 써야 했던 풀 먹인 스카프도 싫었다고 했다.

한일합섬 근무시절에 재형저축 했던 돈을 모두 다 쓰

고 난 뒤 연실이는 조금 근무 여건이 낫다고 알려진 수출자유지역의 한 공장에 입사했다. 그곳은 대부분 전자회사였기에 무엇보다 먼지 없는 작업장이 좋았다고 했다. 당시는 우리나라의 성장기였고 산업 호황기였다. 더욱이 고등학교 시절부터 빠르고 효율적인 작업으로 단련된 한일합섬 출신들이 수출자유지역의 회사에 취직하는 것은 별 어려운 일이 아니었다. 그렇게 새로운 직장에 다니던 중 청천벽력 같은 소식을 들어야 했다. 회사가 폐업하고 구미로 옮겨 간다는 이야기였다. 당시의 노동자들에게는 하늘이 무너지는 이야기였다. 어린 여공 한 사람의 벌이가 수입의 전부이던 시절, 회사의 폐업은 곧 온 가족이 먹고사는 문제가 걸려 있었다.

회사에서는 회사가 어려워서 문을 닫는다고 했지만 여공들은 이 말을 있는 그대로 받아들이기 힘들었고 결국 마산의 노동 운동사에 길이 남을 위장 폐업 반대 투쟁이 전개되었다. 이전엔 감히 생각하기도 힘들었던 일, 회사에 대항하여 목숨을 건 투쟁이, 가족의 생계 위협과 인간 존엄을 찾고자 하는 의식의 성장으로 가능해졌다. 언제나 긍정적이고 책임감이 강했던 연실이는 그 선봉에서 투쟁을 이끌었고 조합원들과의 연대를 다져갔다. 격렬한 투쟁의 과정 속에서 결국 회사 측과 폐업에 따르는 피해를 금전적으로 배상하는 것으로 합의에 이르렀다. 이 합의 결과에 대해 조합원들 사이에서 반발도 있었지만 그들에겐 더 이상의 선택지가 없었다. 하지만 거의 합의에 이르러 이튿날이면 합의서에 서명하기로 약속한 날 밤에 경찰이 들이닥쳤다.

그들에게 씌워진 죄명은 투쟁기간 흉기를 이용했다는 명목의 특수폭행죄였다. 시위 과정에서 여러 기구들이 사용된 것을 빌미로, 합의까지 시간을 끌다가 시위 주동자들을 연행한 것이다. 그것이 회사 측의 간교인지 막 싹트는 노동운동을 막으려는 경찰 측의 강경 대응인지는 알 수 없었지만 결국 그들은 약간의 보상이나마 받고 집으로 돌아가려는 소박한 꿈조차도 이루지 못한 채 경찰서에 잡혀가야 했다. 그 이후 그들에게 가해진 고문은 지금은 차마 입에도 담지 못할 만큼 가혹하고 치욕적이었다. 당시의 상황은 『언니들에게 듣는다』는 증언집에 생생히 기록되어 있다. 연실이는 결국 법정 구속되었고 마산 교도소와 안동 교도소에서 1년 6개월의 실형을 살아야 했다.

연실이가 노동 운동가인 남편을 만나서 신부가 되어 소박한 결혼식을 올리던 날 나는 서럽게 울었다. 어린 시절 철도 없이 교복 입고 찾아가서 빵 얻어먹곤 했던 행동이 얼마나 그 아이의 마음을 아프게 했을지 미안해서 울었고 엄마를 여의었던 때 편지에 적어 보낸 그리움의 마음이 읽혀서 울었다. 이제는 한 남자의 아내로 행복해 보이는 친구가 고마워서 울었고 친구가 극단의 노동 현장에서 투쟁하고 있는데 나는 그 고난에 함께하지 못했다는 사실이 미안해서 또 울었다.

이제 내 친구 연실이는 편안하고 여유롭다. 만나면 아픔도 추억이 되어서 곧잘 우리의 수다자리에 오른다. 햇빛 속에서 환하게 웃고 있는 친구를 바라보면서 나는 그 아이가 살아온 삶을 떠올려 본다. 오늘 우리가 살아가는 현실의 풍요와 성취는 이 땅의 수많은 연실이들이 흘린 땀과 눈물로 만들어진 것이 아니었나. 그토록 많은 연실이들이 수출자유지역에서, 한일합섬에서 일하고 공부하고 때로 피눈물로 외쳤던 그날들이 모이고 모여 거인의 어깨가 되었다. 우리의 다음 세대들에게 이젠 그런 비인간적인 노동과 억압은 없을 것이다. 하지만 자신들이 딛고 선 땅에 그런 눈물 자국이 남았다는 것을 기억했으면 한다. 이 땅의 가난했던 언니들이 뜬눈으로 샌 밤이 동생들의 학비가 되고 가난했던 나라를 지긋지긋한 가난에서 벗어나게 한 힘이었음을 잊지 않았으면 한다.

출퇴근 시간이면 시위대처럼 많은 사람들이 몰려서 드나들던 수출자유지역의 정문이 지금은 같은 곳이 맞나 싶게 한산해졌지만 우리들 기억 속 내 친구, 수많았던 언니들은 아직도 치열하고 아름다운 한때로 남았다. 가난했으나 그 가난에 주눅 들지 않고 의연하게 인간의 존엄을 지키며 살아온 여성노동자 내 친구 연실이는 그 절정에 서있다.

사람, 사랑

"제 어머니의 장례에 보내주신 조의금은 우간다 학생들을 위한 장학금으로 쓰일 것입니다. 감사합니다."

한 통의 카톡 메시지에 가슴이 먹먹했다. 참 선생님다운 선택이었다. 돈이 너무 적어서 송구하다는 나의 답에 그 돈이면 두 명의 우간다 학생이 한 학기 등록금을 해결할 만큼 큰돈이라며 거듭 감사를 표하셨다.

평생을 교편을 잡으며 미술교사로, 그리고 중학교의 교장으로 일해 왔던 선생님은 정년퇴임과 함께 코이카 봉사단원이 되었다. 퇴임하면 조금 한가해질 테니 그때 밥 한 끼 먹자는 약속을 지킬 사이도 없이 곧 바로 우간다로 떠났다는 소식을 주셨다. 종종 보내온 사진 속 선생님은 아프리카, 우리가 가늠할 수 있는 가장 먼

대륙인 그곳에서 화장기 하나 없는 얼굴로 아이들 속에 완전히 녹아든 모습이었다. 먼 곳에 있으면서도 우리 지역의 중학교와 봉사하던 우간다 학교의 미술 교류전을 주선하고, 한복 차림으로 붓글씨를 써주는 행사를 하는 모습을 보면서 나는 한 사람이 베푸는 진짜 사랑의 감동에 젖곤 했다.

어느 날 또 한 번의 메시지가 왔기에 반가운 마음에 열어보니 어머니가 돌아가셔서 갑작스럽게 귀국한다는 소식이었다. 먼 곳에서 지내는 장례에 참석은 못 하고 조의금을 보냈더니 뜻하지 않게 이런 보람에 동참하게 된 것이다.

우리가 처음 만난 것은 10여 년 전, 독서 초청 강연 차 들렀던 한 중학교 도서관에서였다. 많은 학교에 강의를 다녔지만 그렇게 성심으로 강사를 대하는 학교, 더 정확히는 선생님은 처음 만났다. 보통의 경우 초청 강연이란 것은 웬만한 유명인사가 아니고서는 형식적인 행사로 그치는 경우가 많다. 그런 유명인사에 속하지 못하는 나는 학교에 방문할 때마다 소모품처럼 느껴지는 때가 있었다. 그래서일까, 강의 내내 자리를 지키고 눈을 빛내며 듣고, 마친 뒤에는 최고의 칭찬을 아끼지 않았던 친절을 통해 나는 사람을 대하는 품격을 다시 생각했다. 그 후로 선생님은 독서 관련 강의 기회가 있을 때마다 나를 초대하셨다. 나는 강사료를 따지지 않고 부르시면 언제나 제일 먼저 달려갔다. 학교로 갈 때마다 따뜻한 차 한 잔 들고 먼저 찾아와 주신 선생님, 잊지 않고 칭찬해 주신 그분 덕에 나는 더 좋은 강의를 위해 노력했고, 우리는 함께 아이들을 위한 많은 기회를 마련할 수 있었다. 학교로 방문할 때 늘 조그만 기념품이라도 챙겨두었다가 나누어주곤 하던 선생님은 감사의 뜻으로 드린 작은 부채 하나도 정중히 사양하셨다.

　이런 분이시니 정년퇴직 후에 우간다로 가신 것도 그리 놀라운 일은 아니었다. 그 결정을 듣는 순간 그러고도 남을 분이라고 고개를 끄덕인 것은 따뜻한 성품을 오랜 경험으로 알고 있었기 때문이다. 거기에 더하여 어머니의 조의금까지 아낌없이 우간다의 아이들을 위해 장학금으로 기부하신 모습은 더없는 감동이었다. 나는 10여 년 이상의 월드비전 후원을 통해 아프리카의 여건이나 상황을 어느 정도 알고 있다. 열악한 환경 속에서 눈을 빛내며 공부하는 아이들의 모습은 보는 것만으로도 눈시울을 뜨겁게 만든다. 현실적 결핍이 만든 그 맹렬한 의지는 어떤 장애도 뚫을 수 있는 무기가 된다. 거기에 더해 어머니의 조의금으로 만든 귀한 장학금은 우간다 아이들의 꿈을 키우는 밑거름이 될 것이다.

'사람 人'은 두 사람이 비스듬히 기댄 모습을 본뜬 글자라 한다. 사람은 애초에 약하고 외로운 존재라 누군가와 기대어서 제대로 서고, 누군가와 함께 의미를 만드는 존재다. 그러니 이 글자를 누가 만들었는지는 모르나 썩 그럴듯하다고 생각된다. 살면서 많은 사람을 만나고 그중의 몇몇 사람들과는 그렇게 기대며 의미를 만들어가는 것이 삶이다. 내 삶의 한 노정에서 만난 그분은 내겐 참 고마운 인연이다.

───

썰물이 끝난 자리

───

"철컥."

육중하게 열리는 구치소의 철문은 위압적이다. 어떤 연민이나 근접도 허락하지 않는 비정. 온몸의 세포들까지 모두 긴장시키는 둔중한 소리는 얼마나 많은 사람들을 유배의 시간 속으로 가두어 버린 것일까. 휴대폰과 소지품을 모두 내려놓고 철문의 안쪽으로 들어선다. 문의 안쪽은 완전한 단절. 지척에서 통영의 푸른 바다가 출렁이고 있다는 사실이 도무지 실감 나지 않는다. 방금 손에 잡혔던 바다는 철문이 닫힌 뒤엔 멀찍이 물러선다.

바다는 철문을 넘지 못한다. 각자가 감당해야 할 기다림의 시간이 모두 채워질 때까지는 타인의 파도로 출렁일 뿐이다. 발돋움해도 닿지 못할 곳에 놓인 멀고 먼 갈망일 뿐이다. 육지를 향해 밀려오던 파도가 바닷가 모래밭에 막히듯, 문 안의 사람들은 철문에 가로막혀 세상으로 나가는 길을 잃어버린다. 아득하게 높은 문은 욕심쟁이 거인이 높이 쌓아올린 담장 같다. 너무 높아 봄마저 막혀버린 거인의 담장처럼 철문은 자유와 희망을 막아버린다. 겨울에 갇힌 거인처럼 철문 안의 사람들은 지난 삶의 얼룩에 갇혀 있다.

꼬불꼬불한 복도를 걸어 몇 차례 더 보안 장치를 거친다. 긴 복도를 걸어 마치 신화의 방처럼 안에서는 열리지 않는 교실에 다다른다. 열 명의 사내들이 순한 눈빛으로 나를 바라본다. 추석 뒤라 준비해 간 떡과 다과를 내놓았다. 누구도 선뜻 먼저 손을 뻗어 집어 들지를 못한다.

기다림에 지쳐보았던 사람은 안다. 느리게 가는 시계를 하루에 천 번쯤 바라보는 갈망, 누군가 시곗바늘에 무거운 추를 매달아놓은 건 아닐까 의심까지 하게 되는 마음을. 늪처럼 고여 있는 감금의 시간을 견디고 있는 사람들에겐 철문 밖에서 누리던 수많은 것들이 비현실적이다. 자신의 삶에 존재했는지조차 분명치 않은 아득함일 뿐이다. 손에 잡혔던 모든 것 다 잃은 가장 낮은 자리에서 비로소 벌거벗은 자아와 마주 선다. 지금 그들은 세상 가장 낮은 자리에서 평등하다. 이름도 기억도 감추어졌다. 다만 회색 수의와 수인번호로 존재할 뿐.

교정시설 독서 프로그램을 시작하고 세 번째 수업. 오늘은 추석연휴가 끝난 첫 평일. 갇힌 사람들에겐 지난 사흘의 연휴가 어쩌면 삼 개월만큼 길게 느껴졌을 수도 있을 터였다. 그들도 예전엔 추석이면 성묘를 하고 차례를 지냈겠지. 아내의 등쌀에 못 이겨 가족과 어디 여행이라도 다녀왔을 게다. 가끔 출근하기 싫어서 이불 속에서 게으름 부리며 한없이 반복되는 일상이 지겹기도 했을 터. 하지만 지금은 하루에도 몇 번씩 그토록 지루하던 일상으로 돌아가는 꿈을 꾸리라.

끈질기게 발목을 잡고 늘어지던 시간도 수업 땐 잠깐 급류처럼 흐른다. 오늘 이야기 주제는 '나의 아버지, 아버지인 나'이다. 도서관과 헌책방을 뒤져서 미리 구해 드린 김정현의 『아버지』는 당연히 모두 읽어 놓았을 터이다.

똑같은 책을 읽지만 그가 놓인 자리에 따라 감동의

질량은 다를 수밖에. 대부분 50대 중후반의 가장들. 철저한 격리 속에서 살아가는 이들에게 무엇인들 절실하지 않겠는가. 명절 차례상에 술 한 잔 올리지 못하는 죄책감이 너무 커 지난 사흘, 잠 못 들었을 게다. 한가위 푸른 달밤에 닿을 수 없는 곳에서 밀려오는 파도소리에 더 뒤척이지는 않았다. 혹시 이 책이 그들의 마음을 더 무겁게 했다면. 온갖 생각이 머릿속을 휘젓는다.

수강생 열 명 중 유일한 미혼인 최 선생은 늘 말수가 적었다. 오늘은 작정이나 한 듯 먼저 나선다. 무슨 말을 할까? 놀랍게도 지금 이 가혹한 시간을 축복이라 한다. 그에게 아버지는 도저히 넘을 수 없는 산이었다. 늘 주눅 들다 갈망이 미움으로 변했다. 아버지 없는 홀로서기를 꿈꾸다 그는 영어의 몸이 되었다. 구속의 순간에도 가장 힘들었던 것은 아버지에 대한 패배감이었다. 도저히 회복할 수 없을 것 같은 황무지. 그 메마름을 적신 것은 단걸음에 달려오신 아버지의 '사랑한다' 는 단 한 말씀이었다. 철창 밖에서 부쩍 늙어버린 아버지가 흘린 뜨거운 눈물이었다. 소설 『아버지』가 현실의 아버지를 소환한 순간이다.

'사랑한다' 그 말이 모자라 겪어야 했던 대가가 너무

가혹하다. 가슴속에만 있던 사랑을 알아채기 위한 기다림이 너무 길었다. 하지만 더 얻을 것이 없다 생각한 자리에서 가장 귀한 것을 얻어 행복하단다. 이제는 이기기 위해서가 아니라 사랑하기 위해 살겠노라 웃는다. 소년처럼 해맑다. 아버지를 질투하던 그의 뜰에는 겨울만 가득했으나 이제는 파릇한 봄이 움트고 있다.

안녕, 키다리 아저씨

키다리 아저씨 알렌이 죽었다. 내 아이의 캐나다 아빠, 인간의 친절과 존엄을 더없이 정직하게 가르쳐 주신 분, 알렌은 이제 이 땅에 없다. 이미 모든 유언이 말해진 뒤였지만 예감했던 죽음이라고 해서 슬픔이 가벼워지는 것은 아니다. 딸아이가 얼마나 울면 눈물이 다마를 수 있느냐고 물었다. 눈물은 그리움의 순간마다시시때때로 터져 나올 것임을 알지만 차마 그 말을 하지 못했다. 조금만 울면 곧 괜찮아질 거라고 다독이면서 어느새 나도 울고 있었다.

캐나다 여행은 아들의 졸업과 취업을 기념하는 의미도 있었지만 그동안 아들을 돌봐준 캐나다 내 법적 보호자였던 알렌 아저씨의 백혈병 투병과 회복을 위로하는 뜻이 컸다. 겁도 없이 중학교 2학년 아들을 캐나다라는 낯선 나라로 모험을 떠나보낼 때는 믿는 구석이 있었다. 조카가 어학연수에서 만나 가족같이 가까워진 분, 알렌과 스타 부부를 따라 아들은 아무런 두려움도 없이 캐나다로 떠났다. 그리고 12년, 두 분은 단순한 법적 보호자가 아니라 따뜻하고 다정한 부모였다. 아예 그곳에서 학업을 계속하기로 한 아들은 물론이고 방학마다 짬짬이 다니러 가는 딸에게도 그럴 수 없이 귀한 인연이 되어주셨다.

키가 190cm가 넘는 알렌을 아이들은 키다리 아저씨라 불렀다. 나는 이 애칭이 무척 마음에 들었다. 큰 키만이 아니라 따뜻한 성품이 소설 속 키다리 아저씨를 꼭 닮아 있는 분이셨다. 딸아이는 캐나다에 다녀올 때마다 아저씨와 나란히 앉아서 동화책을 읽고 캠핑을 하고 마당에서 별을 본 이야기를 조잘대곤 했다. 마당에 때론 곰이 내려오는 숲속 집에서 아이들은 자연을 배우고 성장해 갔다. 마을 축제 염소 콘테스트에 나가서 상을 받은 이야기, 아침마다 신선한 염소젖을 먹으며 하루를 시작하여 한낮의 호수로 다이빙해 들어간 이야기를 들으면 질투를 느낄 정도였다. 없는 게 없는 알렌의 커다란 요술창고에서 아들은 자동차를 고치는 법을 배웠고 목공을 하는 방법도 알아갔다. 아이들의 행복은 눈에 보이는 듯했고 아이들은 영어로 수다 떠는 것이 자연스러울 만큼 영어 실력이 늘었다.

해마다 방학 기간이면 캐나다 시골 마을의 숲속 집은 늘 새로운 아이들로 북적였다. 한국, 일본, 중국 등 아시아권은 물론이고 때로는 미국에서도 아이들이 외가를 찾듯 알렌의 집을 찾아왔다. 미국 출신으로 월남전에 반대하여 캐나다로 이주하여 살았던 두 분에겐 자녀가 없었다. 하지만 이 결핍을 두 분은 세계의 아이들과 친구가 되는 방법으로 훌륭하게 극복하셨다. 비록 캐나다 서부의 조그만 시골 마을에 있었지만 이 집의 현관문은 세계를 향해 열려 있어 크리스마스엔 각 나라의 다양한 카드들이 사랑과 감사의 사연을 담고 모여들곤 했다.

알렌은 건강한 사람이었다. 술, 담배 등 건강에 해로운 것은 일절 피했고 언제나 성실하게 땀 흘리고 몸을 쓰는 일에 능숙했다. 노동의 가치를 알고 늘 규칙적인 사람이었다. 그랬기에 일흔이 넘어 백혈병이 발병했다는 소식을 듣고도 분명히 이겨낼 것이라고 믿었다. 우리의 기도대로 알렌이 완쾌되어 집으로 돌아왔다는 소식에 도저히 그냥 앉아있을 수가 없었다. 딸아이의 방문이 가장 큰 선물이 되리라는 아들의 말이 12년을 미뤄둔 캐나다 방문 길을 주저 없이 연 열쇠였다.

열흘 중 닷새 정도를 알렌의 집에서 묵었다. 눈이 키 높이를 넘게 쌓인 시골집에서 눈밭에 누워서 뒹굴고 그림 같은 리조트를 방문해 함께 썰매도 탔다. 와인 공장에 들러 기념 와인을 사고 눈 쌓인 호수의 빙판 위를 나란히 걸으며 낚시 구경도 했다. 영화 〈기생충〉을 함께 보고 한국 사회와 빈부 격차의 문제를 진지하게 토론할 때는 식사 시간이 두 시간을 넘기기도 했다. 아저씨는 아들의 성장의 고리를 잃어버린 부모의 아쉬움을 알아챈 듯 아이가 생활했던 곳곳을 소개해 주셨다. 우리 부부는 사춘기 시절부터 아들을 키워낸 학교와 도서관, 마을들을 둘러보며 그동안 알지 못했던 성장의 고리에 대한 갈증을 달랬다. 짧은 여행을 끝내고 돌아오는 날, 알렌은 우리를 꼭 안아주었다. 여름이면 다시 만나자고, 기다리고 있겠다고 인사를 나누고 돌아오는 길이 든든하고 행복했다.

한국에 돌아온 뒤 불과 두 달여, 백혈병이 재발했다

는 슬픈 소식을 들었다. 자신의 병이 위중함을 알고 그는 창고를 정리해야 한다며 단호히 치료를 거부하고 집으로 돌아왔다. 남은 기력을 다하여 창고를 정리하고 혼자 남게 될 스타와 마지막 시간을 보내고 자신의 소유물을 주변에 나누었다. 그에게 남겨진 가장 큰일은 그리운 사람들과 작별 인사를 하는 일이었다. 알렌은 딸아이에게 전화를 해서 한국에 오겠다는 약속을 지킬 수 없게 되었음을 사과했다. 딸아이는 약속을 안 지키는 알렌은 알렌이 아니라고, 왜 비관주의가 됐냐고 울면서 말했다. 알렌은 비관주의가 아니라 현실주의라고, 담담히 예견된 죽음을 알리고 진심 어린 사랑을 전했다. 아무리 부인하고 싶어도 죽음은 이미 삶과의 경계에서 서성이고 있었고 그 초연함은 우리의 마음을 더 아프게 했다.

기적은 다시 찾아오지 않았고 알렌은 여름의 초입에 무성한 녹음을 따라 자연으로 돌아갔다. 코로나로 하늘길이 막혀서 가보지도 못하고 발만 굴렀다. 그나마 아들이 휴가를 내고 마지막 길을 지켰다는 것이 위로가 되었다.

이제 알렌은 이 땅에 없다. 그토록 다정했던 키다리

아저씨는 사랑하는 이들을 두고 어떻게 떠났을까, 딸아이는 알렌부부와 우리 가족 함께 유럽 여행가는 것이 꿈이라고 이야기하곤 했는데 그 꿈의 6분의 1은 못 이루게 되었다. 지금도 가끔 딸의 베개가 눈물에 젖는다. 젖은 베개에 숨겨진 딸아이의 상심을 읽는다.

우리는 세상에서 가장 사랑하던 한 사람을 잃었다. 그의 존엄과 따뜻함, 인간에 대한 한없는 신뢰와 사랑도 이제 이 땅에는 없다. 하지만 우리는 나날이 더 가까이 알렌을 느낀다. 아이들과 함께 엄지손가락을 치켜세우고 있는 알렌은 사진이 아니라 우리 마음에 새겨졌다.

"아저씨, 그곳은 지내실 만한가요? 살랑이는 바람 속에, 하늘에 빛나는 별빛 속에 함께 계셔주실 알렌, 감사해요. 아저씨께 배운 대로 우리들도 더 많이 사랑하고 친절을 베풀며 살게요. 스타 아줌마도 외롭지 않게 잘 돌볼게요. 우리들의 키다리 아저씨 사랑해요."

영신당

친정어머니의 표현을 빌리자면 나랑 한 치도 안 다른 딸은 나의 오지랖도 어지간히 닮았다. 일곱 살 무렵 하루는 돈 2만 원만 달라기에 그렇게 큰돈을 어디 쓰냐고 물었더니 이모가 찢어진 바지를 입고 있어서 마음이 아프다며 이모 바지 사 줄 거라고 했다. 언니가 한창 유행하던 찢어진 청바지를 입었는데 그게 제 눈에는 이모가 돈이 없어서 그런 옷을 입고 다니는 것으로 보였나 보다. 벌써 20년 전의 일인데 아직도 우리 가족들 사이에서 회자되는 에피소드이다.

아이가 유난히 신경을 쓴 곳 중에는 동네 빵집이 있었다. 영신당이라는 이름의 작고 소박한 빵집. 주인 아저씨가 빵을 굽고 아줌마와 딸이 가게를 보는 전형적인 동네빵집이었다. 어딘지 어설퍼 보이지만 그래도 빵 맛있고 조금만 사도 늘 덤 하나는 기본으로 얹어주던 이곳에서 아이들은 도넛과 팥빵의 맛을 알게 되었고 나누는 정도 배웠다. 좀 색다른 맛의 빵을 사고 싶어서 다른 가게로 갈라치면 딸아이는 늘 영신당은 어떡하느냐고 내 발길을 돌려세웠다.

하지만 꼬마 아가씨의 응원과는 무관하게 위기는 예견된 것이었다. 길 건너편의 낡은 5층 아파트가 허물어지고 아찔한 높이로 콧대를 세운 순간에 가장 눈에 띄는 아파트 입구, 영신당의 바로 맞은편에 빵에 관한 전 국민의 미각을 하나로 통일시킨 프랜차이즈 빵집이 들어섰다. 환하게 불을 밝히고 냄새를 풍기는 국적이 불명확한 이름의 그 빵집은 단번에 손님들의 발길을 끌어 모았다. 하지만 딸은 요지부동으로 골목 빵집만을 찾았다. 방문할 때마다 손님이 줄어들고 눈에 띄게 어두워지는 주인 내외의 표정이 안타까워 나한테 늘 조금만 더 사라고 요구했다.

도저히 이대로는 안 되겠다 생각이 들 무렵, 내부 공사 안내판이 걸리고 이곳은 나름대로 변신을 꾀했다. 제법 깔끔하게 단장하고 상호도 쁘띠 랑주로 변했다.

다시 문을 연 이곳에서 세 사람은 빵을 굽고 자신들만의 맛을 지켜 나갔다. 그리고 빵 종류도 좀 다변화를 꾀하는 듯 새로운 메뉴가 등장하기도 했다. 하지만 규모나 인테리어가 건너편 빵집을 따라가기엔 역부족이었다. 동네 다방 레지와 바람난 남편 마음 붙들려고 나름새 옷으로 갈아입고 화장한 사골 아낙처럼 어딘지 모르게 어설펐고 애잔했다.

그러는 사이에 아이는 자랐고 이전처럼 빵을 좋아하지 않게 되었다. 입시에 날로 굵어지는 허리를 고민하는 고등학생이 되어 다이어트의 강력한 적인 빵은 자연스럽게 관심에서 멀어졌다. 하지만 가끔 밤늦게 학교 마치고 돌아올 무렵 늦게까지 작은 불을 밝히고 외롭게 손님을 기다리는 그곳을 바라보았다. 따뜻한 눈길에도 식어가는 온기는 꽃처럼 피지 못해서 안타까움을 주었다.

영신당이 쁘띠 랑주로 바뀐 효과조차도 사라질 무렵 우리는 17년간이나 살던 그 동네를 떠났다. 네 살이던 딸아이가 스무 살 처녀가 되도록 살던 곳을 떠나는 마음이 마냥 좋기만 했겠는가, 나는 오래 살던 낡은 아파트와 동네 사람들, 그리고 작은 빵집과 아이들 성장의 추억까지 두고 떠나는 것이 내내 마음에 걸려 떠나면서 몇 번을 뒤돌아봤다.

삶은 여전히 바쁘게 돌아갔고 영신당은 우리의 기억 속에서 차츰 허물어져 갔지만 여전히 큰 욕심 부리지 않는 소박한 가족들이 그곳을 지키리라는 막연한 생각은 있었다. 그런데 우연히 이곳을 지나치게 되었을 때 가슴에 싸한 바람이 일었다. 빵집에 블라인드가 쳐져 있었고 반가운 얼굴은 보이지 않았다. 혹시 쉬는 날인가 해서 다가가 틈새로 쳐다보니 가게는 텅 비어 있었다. 그것도 어제 오늘의 일이 아닌 듯 먼지까지 앉아 있었다.

나는 그 몰락이 안타까워 맞은편에서 여전히 성업 중인 프랜차이즈 빵집을 마치 남의 남편 꾀어 망하게 만들어놓고 아무런 죄책감도 없이 웃음을 흘리고 있는 작부를 바라보듯 원망스럽게 쳐다보았다.

물론 나도 알고 있다. 그들도 그저 좋은 장소에 많은 돈을 들여서 가게를 열었으니 열심히 할 수밖에 없다는 것을, 어쩌면 그들도 프랜차이즈 가맹 본사의 횡포와 폭리에 고민하며 나날이 이자 걱정을 해야 하는 소시민일지도 모른다는 사실을 말이다. 작은 골목 가게 하나가 살아남지 못한 것은 그것을 여유롭게 봐주지 못하는 사람들의 마음 때문이 아니라 그저 변하는 입맛, 건강을 향한 열망, 더 편리하고 좋은 것을 찾고자 하는 당연한 욕구 때문이었다. 하지만 작고 소박한 것들이 이렇게 몰락해 가고 빵이라면 그저 당연히 한 빵집의 맛만 있는 줄 알게 된다면 우리들의 생각까지도 그렇게 획일화되어 버리지는 않을까 하는 것이 기우만은 아닐 것이다.

나는 영신당의 폐업 사실을 아이에게 말하지 않으려 한다. 아이 마음속에 있던 추억과 사랑이 그대로 지켜졌으면 해서이다. 작고 소박한 것들이 설 자리를 잃어 이제 우리는 강요된 획일화만 따라야 한다. 선택의 여지가 없는 것이 불행한 일이다.

인생을 바꿀 프로젝트

우편물 하나가 우편함에 꽂혀 있다. 발신지는 아프리카의 모잠비크. 먼 길을 돌아서 온 이 편지는 나의 후원아동 켈소바도의 연례 발달보고서이다. 아이를 후원하고 몇 년의 세월이 흘렀다. 아주 작고 야위었던 아이는 이제 초등학교 4학년이 되었다. 사진 속에서 제법 늠름한 모습으로 제 몸만큼 큰 곡괭이를 들고 서 있다. 눈빛이 야무져 보인다.

건강 상태가 양호하고 작년에 반에서 제일 우수한 학생이었다는 이야기, 가장 기다리는 날이 크리스마스라는 이야기도 적혀 있다. 후원자에 대한 감사의 인사도 빼놓지 않았다. 보고서 뒷면에는 나를 위해 그린 그림하나가 있다. 학교 앞에 나무 한 그루와 자전거 한 대,

화분 두 개가 서 있다. 아이는 자전거를 타보긴 했을까? 아이에겐 아마 자신이 꿈꿀 수 있는 최고의 사치일지도 모르겠다. 문득 우리 애들이 자란 뒤 주인의 외면을 받아 녹슬고 있는 자전거에 생각이 미친다. 보내 줄 수 있다면 얼마나 좋을까.

아이는 맨발로 무거운 곡괭이를 들고 무언가를 파고 있다. 무엇을 보여주고 싶었던 것일까? 이만큼 자랐다고, 이제 혼자의 힘으로 설 수 있다고 말하고 싶었던 것인지 모르겠다. 하지만 사진 속의 아이는 작년에도, 올해도 맨발이다. 보여주고 싶은 늠름한 모습보다 감추고 싶었을 맨발이 더 눈에 띈다. 작년 사진에서는 아이의 옷도 눈에 걸렸다. 어디선가 후원받은 듯한 커다란 어른의 와이셔츠가 최고의 옷이었는지 그 옷을 입고 사진을 찍어 보냈다. 작은 몸의 두 배는 됨 직한 커다란 셔츠, 팔은 너덜거리고 아이 몸이 두 개는 들어감 직했다. 초라한 모습이 못내 마음에 걸렸다. 우리 아이들이 자라서 작아진 옷들, 재활용통에 버려진 그 옷들이 너무 절실해진다.

아이들을 후원하면서 생긴 변화 가운데 하나는 아프리카의 기아나 가뭄 등의 뉴스를 유심히 보게 된 것이다. 아는 만큼 사랑하게 되고 사랑하는 만큼 보인다 했던가. 그래서 이런 이야기만 보면 나는 주책없이 눈물부터 철철 흐른다. 하지만 울음이 문제를 해결해 주지는 않는다.

또 다른 굶주림 속의 아이들을 위해 무엇을 할 수 있을지 생각하다 사진과 이야기를 SNS에 올렸다. 사실 무슨 큰 선행을 한 것도 아니고 자랑할 일도 못 되어 망설이긴 했다. 하지만 혹시 누군가 한 사람의 마음이라도 움직일 수 있지 않을까 하는 작은 바람이 있었다. 기대대로 많은 사람이 관심을 보여주었다. 한 친구가 생각은 있었는데 실천을 못 했다며 당장 후원을 하고 싶다고 방법을 물어왔다. 얼른 구호단체로 전화를 했고 곧이어 라오스의 아이를 후원하게 되었다는 소식이 왔다.

또 한 아이의 마음에 희망의 씨앗이 심어졌다. 한 인생을 바꿀 프로젝트가 작은 관심과 그 관심에 응답한 사람에게서 시작된 것이다. 요 며칠 자주 자괴감에 빠졌다. 뜻대로 되지 않는 일들과 스트레스로 한없이 작아지는 느낌이 참 고약했다. 하지만 이 작은 삶의 기적 앞에서 다시 기운을 차리고 힘을 내본다. 가끔 한없이 초라해지기도 하고 패배감에 시달리기도 하는 나이지만 켈소바도에겐 얼마나 소중한 사람일 것인가.

무미건조하던 나의 일상에도 머지않아 아프리카의 모잠비크로 아이를 만나러 갈 꿈이 생겼다. 그때는 켈소바도의 발에 꼭 맞는 예쁘고 튼튼한 운동화를 선물하고 싶다. 아이가 운동화를 신고 꿈을 향해 달리는 모습을 보면 더 많은 아이들을 돕겠다는 나의 꿈도 자랄 듯하다.

신포동 개나리

"이 세상 남자들을 모두 노랗게 물들이고 싶었다."
성매매 여성들의 인권에 별다른 관심이 없던 80년대
초반, 대학시절 같은 과의 선배가 쓴 「신포동 개나리」
란 시의 한 구절이다. 붉은 등이 켜져 있고 밤이면 여
성들이 마네킹처럼 쇼윈도에 전시된 이곳, 지금의 서
성동 성매매 집결지는 당시 군대 가는 남자들이 총각
딱지를 떼기 위해 입대 전에 필수적으로 들러야 하는
곳이었고, 소위 남자다움을 과시하기 위해 회사 회식
후 들르는 은밀한 2차 코스이기도 했다. 성을 사고파는
쌍방의 행위가 아닌, 파는 사람의 관점으로 바라보아
매춘, 매음 등으로 인식하던 때 불법, 합법의 개념조차
도 없이 그곳은 사회의 은밀한 그늘에서 성범죄 예방

차원에서 어쩔 수 없이 존재해야 하는 필요악이라는 인식으로 존재했다.

시대가 바뀌면서 성에 대한 관점도 달라졌다. 성은 사고파는 쌍방의 행위임을 인식하는 '매매'라는 개념이 일반화되었고 우리 법에서는 이를 분명히 해서는 안 되는 일, 법에 어긋나는 일로 규정하게 되었다. 하지만 현실은 법과 분명한 괴리가 있다. 그 신포동의 성매매 업소는 어느 날 일제히 여인숙이라는 낡은 이름의 간판을 똑같이 내걸었지만 여전히 밤이면 붉은 등이 켜지고 여성들이 물건처럼 팔려 나가기를 기다리고 있다.

이번에 도시재생센터의 한 프로그램에 참가하게 되었다. 젠더의 관점으로 도시를 바라보고 새롭게 디자인하자는 의도로 기획된 것인데 다양한 분야에서 여성주의적 관점의 논의가 있었다. 그중 가장 열띠고 관심을 모았던 것이 성매매 집결지 재정비 문제였다. 성매매의 역사와 타 도시의 현황, 성매매가 얼마나 여성의 인권을 말살시키는지 등 다양한 논의가 오갔다.

1987년 내 최초의 해외여행지 일본에서 나는 낯설고 기이한 경험을 했다. 공중전화 박스에 성매매 여성들의 인적 정보가 버젓이 게시되고 아주 자연스럽게 성매매가 이뤄지는 모습을 보며 세상 망측하다고 생각했다. 물론 우리나라도 성매매가 암암리에 이뤄지는 것을 알고는 있었지만 일본의 그런 분위기는 불편했었다. 그런데 불과 얼마 지나지 않아 우리나라도 성매매가 공공연하게, 일본 못지않게 다양한 방식으로 이뤄지는 것을 보고 또 한 번 아연실색했다.

성은 동물인 인간이 종족을 번식하고 후대를 남기는 필수적인 요소이다. 그래서 사람들의 유전자 속에 필수적으로 성적 호기심과 이성에 대한 끌림의 욕구가 존재하는지 모른다. 오래전 초등학교에서 독서교실을 운영할 때 유난히 빨리 낡아버리는 책이 한 권 있었다. 'WHY' 시리즈 중 『사춘기와 성』이라는 책이었다. 책 읽기 싫어하던 아이들도 이 책만큼은 유독 열성을 가지고 읽어서 서로 먼저 차지하려는 경쟁이 있었다. 독서 교실에 올 때마다 이 책만 읽는 아이도 있어서 결국 순번을 정해서 읽게 했다. 그야말로 애나 어른이나 관심의 1순위란 생각이 들었다.

이런 관심이란 지극히 자연스럽고 건강한 것이기에 학부모 교육을 할 때는 EBS다큐멘터리에 보도되었던 내용을 인용하여 아이들과 교육 차원의 성 관련 대화를 권하기도 했다.

하지만 자연스러움은 성이 돈이라는 매개체를 사이에 두고 매매의 대상이 되는 순간 사라지고 만다. 성매매 시 신체는 자본과 물건으로 여겨져서 직접 교환된다. 일정 시간 동안 신체를 폭력적으로 독점할 수 있는 배타적인 사용권이 매매되는 행위라는 점에서, 인간의 존엄성과는 양립 불가능하다. 그런데도 각 도시마다 이런 성매매 집결지가 있다는 것은 자본의 논리에 인권이 말살당한 사례가 아닌가.

시민, 특히 여성의 관점에서 바람직한 해결 방안을 찾기 위해 우리는 실제 성매매업에 종사했던 한 여성을 만나 인터뷰를 했다. 가난한 집안 살림과 아버지의 폭력, 팔려가다시피 한 식모살이 중의 성폭행 경험, 이어진 또 한 번의 성폭행, 먹고살기 위해 찾아간 방석집에서 그녀의 발목을 잡았던 선불금이라는 빚의 굴레, 그리고 마지막으로 성매매 업소로 흘러 들어오기까지의 기구한 삶의 이야기가 덤덤히 이어졌다.

가난했으나 고왔던 처녀는 빚 때문에 들어온 이곳에서 40여 년을 살아 이제는 예순이 넘은 나이가 되었다.

실제 성매매는 어렵지만 이곳을 떠나면 갈 곳이 없다는 그녀의 이야기를 듣는 내내 그 무심함이 더 마음이 아팠다. 성매매 업소에서 보낸 40여 년의 짐승 같은 시간들은 그녀를 얼마나 모질게 짓밟았을까.

어떤 이들은 파는 사람이 있으니 사는 사람도 있다고 말하지만 애초 가진 것이 몸뿐이었기에 그녀가 빚의 올가미에서 벗어나기 위해 팔 수 있었던 것은 정해져 있었을 것이다. 그랬던 이에게 누가 정조관념을 운운하며 돌팔매질을 할 수 있을까.

남은 소원을 물었더니 뜨개질이나 바느질을 하면서 조용히 사는 것이라 했다. 여자로서 남자에게 성을 팔며 살았지만 단 한 번도 여자로 존중받은 적 없었다는데, 그 말을 하는 순간은 소녀 같은 수줍음이 얼굴에 떠올랐다. 그 희망의 말에 성매매 집결지 재정비의 모든 방향이 담겨있는 것 같았다. 차가운 시선으로 그들을 재단하고 마치 선심 쓰듯이 자활을 모색하도록 한다면 그 누구도 응하기 힘들 것이다.

그들이 노동을 팔았건 혹은 몸을 팔았건 간에 가난한 가족, 혹은 순정의 대상인 누군가는 행위의 이면에서 이득을 보았을 것이다. 그 사람들에게는 이제 음지의 그녀들을 양지로 이끌어야 할 의무와 책임이 있다. 어떤 방향으로 재정비가 되건 한 가지 확실한 것은 무엇보다 그들의 요구와 목소리에 귀를 기울여야 한다는 사실이다.

선심 쓰듯 던지는 해결책 말고 공감하고 이해하며 지나간 세월을 보듬어주는 행위가 선행되어야 한다. 그래야 사회도, 그녀들도 모두 건강하게 거듭날 수 있지 않을까.

문득

옛사람들이 까치밥을 남긴 이유가
바로 이런 것이었나 싶었다.
넘치는 풍요의 시대이지만 내 것 챙기느라
남 돌아볼 여유를 잃은 내게
작은 새 한 마리가 알려준 나눔의 묘수에 그저 감탄할밖에.

꽃이 묻는 말

벚꽃이 절정인 주말, 분홍빛 꽃구름의 황홀을 시샘하듯 봄비가 내린다. 가뜩이나 성급하게 지는 꽃이 비한 번에 속절없이 다 떨어져 내리지 않을까 조바심이 인다. 4월의 어느 아침 햇살 한 움큼에 일제히 피었다가 또 한 번의 봄비에 그렇게 소멸해 버리는 벚꽃은 마치 젊음의 한때와 같다. 느닷없고 강렬하며 갑자기 사라져 버리는 짧은 절정은 아쉬워서 아름답다.

벚꽃의 개화와 낙화는 아름다움의 짧음, 짧음의 아름다움을 여지없이 보여준다. 봄날, 만개한 벚나무 아래에 서서 정일근 시인의 「사월에 걸려온 전화」 한 구절처럼 "우리 생에 사월 꽃 잔치 몇 번이나 남았을까 헤아려 보"았다. 그 헤아림은 마음을 조급하게 만들고 슬프게도 한다. 유한성을 동반한 지극한 아름다움은 오히려 깊은 슬픔과 맞닿아 있다.

벚꽃이 황홀하여 종말을 부인하고 싶어도 결국은 열흘을 지나지 못해 이 아름다움이 끝나리라는 사실을 받아들일 수밖에 없다. 지극히 필연적인 소멸에의 자각이다. 그래서 많은 이들이 벚꽃이 피면 해마다 그렇게 기를 쓰고 꽃구경에 나서는 것인지도 모르겠다. 하긴 짧은 개화가 벚꽃만의 일이랴. 일 년을 기다려 일주일을 세상과 만난다는 꽃처럼 어쩌면 우리의 삶도 긴 기다림과 짧은 개화, 그리고 낙화 뒤 또다시 기다림, 이 과정의 순환이 아닌가. 그 속에서 시간이 가고 우리는 낡거나 익어가며 조용히 삶에 순응하게 된다.

벚꽃 황홀한 봄날, 똑같은 장소에서 세월을 두고 찍은 사진 두 장을 본다. 대학교 1학년 열아홉 살에 찍었던 사진 속 벚꽃과 쉰이 넘어 바라보는 벚꽃은 같지만 다른 꽃이다. 나이가 들어가면서 삶을 다른 눈으로 보게 된다. 이전에 절대로 용납되지 않던 것들을 마음속에서 '뭐 그럴 수 있지.' 하고 수긍한다. 딱 하나뿐이었던 결론, 한쪽만 보던 사시에서 벗어나 좀 너그러워지고 다양한 결론도 인정하게 된다. 이전에는 피는 꽃만 예뻤다. 하지만 이제는 꽃 진 자리에 열매가 맺히며 황혼의 시간에도 한때의 찬란한 석양이 준비되어 있음을 안다. 그 어떤 것도 영원하지 않다는 사실을 받아들이며 순하게 둥글어져 간다. 그래서 피는 꽃은 피어서 예쁘고 지는 꽃은 또 지는 대로 예쁘다. 이전에는 개화의 순간만이 중요했지만 지금은 순환의 과정 모두가 소중함을 받아들인다. 봄을 느낀 순간 순식간에 핀 듯한 그 꽃이 사실은 1년을 기다리며 한겨울의 추위도 참고 견뎌냈다는 사실에서 더 큰 아름다움을 발견하는 것이다.

봄비 내리는 벚나무 아래서 문득 나는 생애 몇 번이나 꽃처럼 피어보았는지 헤아려 보았다. 벚나무의 황홀한 아름다움이 기준이라면 언감생심 한 번도 그렇게 화려하게 피어보지 못했을지 모르겠다. 하지만 봄날의 산과 들에 벚꽃만 피는 것은 아니지 않나.

식물원에 들러 꽃을 구경하면서 작은 느낌표 하나를 얻었다. 나의 눈을 사로잡는 것은 크고 화려한 꽃들이었지만 눈에 띄지 않는 소박한 꽃들도 오로지 제 빛깔과 향기로 의연히 존재하고 있었다. 갖지 못한 것에 목말라 시린 발을 동동 구르던 나는 왜 사람들의 눈길을 사로잡는 벚꽃, 장미가 되지 못하는지 아쉬워했지 내 빛깔과 향기로 꽃 피울 생각을 하지 못하고 있었다. 그 날 이후 나는 날마다 나의 꽃을 피우고 있는지 스스로 묻곤 한다.

겉모습이 그렇게 달라 보이는 꽃들이지만 온 존재를 바쳐 핀 뒤에 어김없이 소멸을 맞고 아쉬움 없이 지는 점은 모두 똑같다. 봄날, 천지에 피어난 꽃들이 나에게 묻는다. 너는 어떤 빛깔, 어떤 모습으로 피었다가 지고 싶으냐고.

남의 곡식

여름 내내 무성히 자란 두 포기 토마토를 베어서 잘게 잘라 화분에 덮어 주었다. 흙에서 자란 생명이 다시 흙으로 돌아가 거름이 되는 자연스러운 순환이다. 하지만 이것을 받아들이기까지 토마토를 향한 나의 집념은 끈질기고 고달팠다.

옥상 발코니가 있는 집에 살게 되면서 작은 뜰을 가꾸기 시작했다. 처음엔 있는 화분 몇 개 좋은 볕에 내놓고 바람에 맡겨두려는 생각이었는데 차츰 욕심이 생겼다. 그래서 상추며 부추 모종을 사서 스티로폼 박스에 옮겨 심고 매실 나무도 한 그루 심었다. 남천 세 분에 수련, 아이비까지 제법 그럴듯한 작은 정원이 완성되어 남편과 함께 식사 후 자주 그곳에서 차를 마시곤 했다. 한 해쯤 지나고 보니 이젠 서툴던 정원사 노릇도 조금은 이력이 생겨서 새로운 식물 구해다 심고 또 분 갈이하는 재미도 알게 되었다.

토마토 두 포기는 우연히 얻게 된 선물이었다. 나와 비슷한 시기에 이사를 하면서 동생이 넘겨준 많은 화분들 무더기에 작은 씨앗봉지가 있었다. 뭔지도 모르지만 혹시나 하는 마음에 빈 화분에 심었더니 싹이 났다. 정체를 알 수 없지만 내가 심고 기른 것이라 그렇게 대견하고 예쁠 수가 없었다. 겨우 손가락 두 개 정도 크기로 자랐을 때 시골에서 온 친정어머니가 보더니 단박에 토마토라고 말씀하셨다. 좀 실망스러웠다. 어려서부터 음식은 별로 가리는 것 없이 잘 먹었지만 어쩐지 토마토만은 별로 내키지 않았다. 토마토에서 나는 그 비릿한 풋맛이 입에 맞지 않아 어른이 된 지금도 별로 좋아하지 않는다. 몸에 좋다 하기에 의도적으로 먹어보려고 사 와도 끝내 시들어서 버리는 경우가 허다했다.

하지만 곧 마음을 고쳐먹었다. 뭐 어떠랴, 식물을 꼭 먹기 위해 기르는 것은 아니지 않나. 모종이 자라면서부터 소금기 없는 과일 껍질은 최후의 행선지가 달라졌다. 이전에는 별 생각 없이 음식물 쓰레기로 버리던 것을 잘게 잘라 화분에 버렸다. 오이, 참외, 복숭아, 수박의 껍질을 잘게 잘라 화분에 묻고 모종삽으로 흙을 덮어주면 음식물 쓰레기도 줄이고 식물의 거름도 할 수 있는 일석이조의 효과가 있었다. 냄새가 좀 나고 날파리도 날았지만 흙이 건강해진다면 그쯤은 참을 만했다. 이렇게 지극정성을 기울였건만 나의 토마토는 그다지 만족할 만한 속도로 자라지 못했다. 식물의 성장 속도가 모두 다르니 대수로운 일이 아니라고 넘겼는데 어느 날부터 나는 늦되는 자식 바라보는 엄마처럼 조바심이 나기 시작했다.

원인은 옆집 토마토에 있었다. 우리 집 발코니에서 바로 내려다보이는 이웃집에서도 나처럼 방울토마토를 기르고 있었는데 어쩐 일인지 그 집 것은 엄청난 속도로 자라고 있었다. 벌써 꽃을 피우고 열매까지 맺은 그 토마토에 비해 내 화분의 모종은 겨우 한 뼘 자랐을 뿐이었다. 그나마 한 포기는 옮겨 심는 중에 윗부분이 꺾여 과연 제대로 자랄 수 있을지조차 의문스러웠다. 급기야 건물 1층의 뒤뜰에 두었던 거름 한 포대가 없어진 것을 알고 틀림없이 그 집에서 가져가 자기 집 거름으로 썼으리라는 공연한 오해까지 하기에 이르렀다. 그러니 옆집 사람들을 만나도 데면데면 인사도 제대로 하지 않았다.

자꾸만 옆집 토마토를 바라보고 부러워하는 나에게 남편은, 자식은 제 자식이 좋고 곡식은 남의 곡식이 좋다더니 내 꼴이 딱 그 짝이라며, 살아생전 할머니가 즐겨하시던 말씀까지 갖다 붙이며 핀잔을 주었다. 이렇게 유난을 떨던 어느 날 작은 열매가 세 개 열리고 익어갔을 때의 감격은 아이들 어렸을 적 상 타서 왔을 때의 기쁨과 다르지 않았다. 좀 더 두면 열매가 얼마나 열릴지 확신은 없었지만 꽃은 많이 피어났다. 나는 어서 자라나 옆집 나무보다 더 크라고 닦달하며 매일 거름을 주었다. 그런데 가지가 휘어지도록 많은 열매를 달고 있던 그 집의 나무가 어느 날 말끔히 뽑혀져 나가고 없었다. 구월이 오고 있으니 이제 시들 때도 되었을 것이다.

나를 그토록 맹목적인 질투로 몰고 간 경쟁의 상대가 없어졌으니 이젠 느린 토마토가 주는 수확과 존재의 기쁨을 누릴 차례가 된 것이다. 나는 비로소 내 뜰의 토마토를 있는 그대로 바라볼 수 있었다. 윗가지가 부러진 것을 노심초사 돌본 뒤 살아났을 때의 기쁨, 8월 초,

먼 여행에서 돌아왔을 때 말라 죽어가는 것을 몇 번을 물 주고 그늘로 옮겨 생기를 되찾은 일들이 생생한 기억으로 살아났다. 바로 그 순간 옆집에서 가져가서 썼을 것이라 지레짐작했던 거름 한 포대가 다른 방향의 1층 마당에 놓여있는 것이 눈에 띄었다. 나는 남의 곡식 질투하는 데 눈이 멀어 내 곡식의 소중함은 저 멀리 젖혀놓은 서툴고 어리석은 농부였다. 그 질투가 얼마나 컸던지 이웃을 도둑으로까지 몰면서 말이다.

며칠 뒤 제 몫의 사랑을 다 받지도 못하고 쇠락해 가는 토마토를 잘라서 미련 없이 흙으로 되돌려줬다. 겨우 얻은 방울토마토 세 알도 쳐다만 보다가 시들어 결국 다시 거름으로 버려졌다. 살면서 얼마나 많은 것들을 이런 어리석은 비교와 질투심에 잃고 살았던가. 필요하지도 않은 것을 오직 남보다 그럴듯해 보이려 소유하고자 애쓰며 스스로 불행을 택하지는 않았던가. 운명에 순응하며 흙으로 돌아가는 첫 과정을 밟고 있는 방울토마토 나무를 보며 한없이 작아진 아침이었다.

'그런데 옆집엔 이제 뭐 심으려나?'

매미의 시간

매미 한 마리가 방충망을 붙들고 있다. 아파트 23층, 꽤 높은 이곳까지 날아오르기가 만만하지 않았을 텐데 미동도 없이, 마치 처음부터 거기 그렇게 만들어놓은 작은 조각처럼 견고하게 붙어있다. 매미는 작고 단단하다. 그물코를 기워놓은 듯 얇은 날개와 큰 눈, 그리고 빛나는 몸뚱이 세 등분으로 완벽히 나누어지는 작은 곤충이 방충망 너머에서 나를 본다. 아니 어쩌면 매미가 보는 것은 내가 아니라 인간들의 삶인지 모르겠다.

매미는 여름의 전령으로 여겨졌다. 시원한 느티나무 그늘에서 도란도란 오고가던 담소에 마치 추임새를 맞추기라도 하듯 그렇게 울어주던 소리는 정겨웠다. 하지만 지금의 매미는 천덕꾸러기 신세다. 독해진 여름 더위와 더 독해진 빛 공해 사이에서 길을 잃은 듯 울음 소리는 톤이 높고 활동 시간도 길어졌다. 밤이고 낮이고 맹렬히 울어대는 소리가 귀찮고 성가시다. 하지만 모든 존재와 그들의 행동에는 이유가 있는 법이다.

　우리가 매미에 관해 가장 널리 알고 있는 상식은 7년과 1주일의 등식이다. 매미는 유충에서 성충이 되기까지 7년을 땅속에서 애벌레로 산다. 그리고 우화하여 껍질을 벗고 날아오른다. 하지만 그 기간은 지극히 짧다. 우리가 아는 매미의 모습으로 바뀌어 1주일여를 지내다가 죽는다고 한다. 매미 일생의 시간과 모습의 대비가 하도 극적이어서 이상한 동정심을 안긴다. 긴 시간을 땅속에서 견디다가 이제 막 날개를 단 그에게 기다리는 것이 겨우 1주일 뒤의 죽음이라면 이건 좀 억울한 일이겠다 싶다. 마치 오랜 연습 생활을 끝내고 막 데뷔한 신인 가수가 좀 뜨려는 순간 악성 유머에 연루되어 존재도 없이 잊히는 형국이다. 아니면 2군 생활을 막 끝낸 프로야구 투수가 1군 첫 경기 완봉승 후 두 경기쯤에서 부상당하여 퇴장하는 상황과도 닮았다. 우리가 느끼는 알지 못할 동질감은 이런 극적인 요소에서 기

인한다.

하지만 정작 매미는 생각이 다를 수도 있겠다. 애벌레든 성충이든 상관없이 7년을 산다는 것이 곤충으로서는 짧은 시간은 아니다. 애벌레로 7년을 보내는 것은 가엾은 일이고 성충으로의 1주일은 멋지고 근사한 일이라는 생각이 매미에겐 애초 존재하지 않을 것이다. 그저 주어진 대로, 묵묵히 자신의 시간을 견디는 것이 매미의 일이다. 자신의 모습이 둥글고 말랑한 애벌레건 멋진 나래로 날아오르는 견고한 갑옷의 성충이건 매미에겐 중요한 것이 아니다. 생긴 대로, 유전자의 요구대로, 몸이 기억하는 대로 자신의 시간을 채운다.

폭염 속 그토록 맹렬한 울음은 수컷 매미가 짝을 찾는 구애 행위라 한다. 7년의 시간을 느긋하게 보냈다 해도 짧은 시간 동안 짝짓기를 해야 하는 일에 다급함이 없지는 않을 것이다. 그러니 온 몸통을 악기처럼 울려 그토록 맹렬히 짝을 찾는지 모를 일이다. 땅 위에 있는 일주일이란 시간 동안 수컷에게 남겨진 절대적인 과제는 종족을 번성시키는 일이다.

미물인 매미는 이렇게 자신의 시간대로 사는데 오직 사람만이 순리를 거스르려 한다. 더 많은 소유물에만 관심을 둘 뿐, 종족의 보존이란 가치는 점점 의미를 잃어 '무자식 상팔자'로 사는 사람들이 늘고 있다. 어떤 장애물도 뛰어넘어 쟁취하고 싶었던 사랑도 젊은이들 사이에서 시들해 보인다. 혼인 건수는 해마다 가파르게 줄어들고 출산율은 더더욱 하강 곡선을 그리고 있다는 이야기는 더 이상 뉴스도 못 된다. 종족보존이라는 인간의 동물적 본성마저 꺾어버리게 하는 이 세태를 누구의 책임이라 해야 할지. 어쩌면 우리 집 방충망에 붙어서 나를 보던 매미는 이런 인간의 어리석음을 비웃는 것은 아니었는지.

뒷숲에서 매미가 운다. 여름날 맹렬한 매미 울음 속에는 유전자의 명령대로 충실하게 짝을 찾는 생명체의 지도가 읽힌다. 그 소리에 화답이라도 하듯 내 집 창밖에서 잠시 쉬었던 녀석이 날개를 펴고 날아간다. 매미의 마지막 남은 날에 강렬한 생명의 향연이 펼쳐지기를 바라며 점처럼 작아져 시야에서 사라질 때까지 바라본다.

생의 임계점

"봄이 되면 왜 꽃이 피나요?"

왜 꽃이 피냐고? 봄이니까 당연히 피는 것이라 생각
했지 꽃이 왜 피는지에 대해 깊이 생각해 본 적은 없었
다. 한 방송 일기예보코너에서 어린이날을 맞아 자연
현상에 관한 아이들의 궁금증에 답해주는 기회를 마련
했다. 세상이 바뀌고 아이들이 아이다움을 잃었다고
한다. 확실히 예전보다 영악하고 조숙해진 부분이 있
지만 아이는 아이였다. 쏟아지는 천진하고 엉뚱한 질
문들이 피식 미소를 머금게 했다. 쏟아지는 의문 부호
들 중에서 이 질문이 유난히 마음에 와닿았다.

예보관은 아이의 질문에 자세히 과학적으로 설명해
주었다. 꽃이 피기 위해서는 일정한 일조량과 기온이

필요하며 봄이 되면 그 조건들이 꽃에 쌓인다고 했다. 매일 꽃의 몸에 조금씩 저축된 햇빛과 기온이 충족되어야 꽃이 핀다는 말은 어른인 나에게도 유용했다. 그 말을 듣고 꽃에 쌓인 햇살을 헤아려 보았다. 봄의 대지를 뚫고 돋은 새싹과 겨울을 맨몸으로 이긴 물 오른 나뭇가지들이 매일 천천히 몸에 햇살의 온기를 저장하는 모습이 그려졌다. 눈에 보이지 않고 느껴지지 않는 느린 시간 속에서 꽃들이 바쁘게 제 몸에 온기를 저축하고 있었다는 사실이 어쩐지 대견하게 다가왔다.

벚꽃이 어느 봄날에 갑자기 꽃망울을 터뜨리는 모습을 보면서 나는 '혁명처럼 봄이 왔다'고 표현한 적이 있다. 어제 말라있던 가지에서 오늘 벚꽃이 터지는 모습이 하루아침에 모든 것을 바꾸어 버리는 혁명이란 말에 어울린다고 생각했다. 하지만 그 예보관의 말대로라면 나의 이 생각은 잘못된 것이다. 우리 눈에는 순식간에 피어난 것처럼 보이지만 실상 꽃에 이르기까지 나무의 시간은 길고 느렸을 것이다. 물이 끓을 때도 마찬가지다. 물을 데우는 시간이 일정 정도 흘러야 끓는 것은 누구나 알고 있는 사실이다. 열을 가하자마자 물이 끓을 수는 없다. 임계점에 다다라야 모든 일들이 가능해진다. 페니실린을 발견한 벤자민 프랭클린의 어린 시절 이야기는 시사하는 바가 크다. 나비가 누에고치를 뚫고 나오는 모습을 본 그는 기진맥진한 나비가 불쌍했다. 그래서 그 곁의 또 다른 나비가 고치에서 나오기 쉽도록 구멍을 뚫어 주었다고 한다. 그러자 나비는 쉽게 구멍에서 나왔지만 결국 힘없이 죽어버렸다. 어린 그에게 이 사건은 큰 깨달음을 주었을 것이다.

코로나로 인해 답답한 단절의 시간들이 길어져 간다. 너무 바쁘게만 살던 나는 이 고요에 물처럼 스며들지 못하고 기름처럼 겉돌고 있다는 생각이 들 때가 있다. 바쁨이 일상이 된 지 오래라 밥을 먹을 때도, 길을 걸을 때도 여유롭게 하지 못하고 여전히 쫓기는 사람처럼 허둥대다가 지레 지쳐버리곤 한다. 아직 기다림이 끝날 시간이 되지 않았나 보다. 피지 않은 꽃봉오리엔 꽃이 들어있지만 그것이 조바심 내고 안달한다고 달라질 것은 없다. 무엇이건 겪을 만큼 겪어야, 때가 차야 이루어지는 법이다. 꽃이 온기를 저장하듯 묵묵히 제자리에서 할 일을 하며 기다림을 채워 나가야 한다. 기다림과 노력이 비로소 내 속에서 온전히 피어나는 그 순간이 생의 임계점이 아닐까. 삶에서 우리가 포기한 일들은 실패가 아니라 기다리지 못한, 인내심의 부족에서 빚어진 결과일지도 모르겠다. 조금만 더 시간을 투자하고 인내심을 가지고 기다렸더라면 훨씬 좋은 결과가 있었을 것을 그 잠깐의 사이를 기다리지 못하고 포기했던 순간들이 얼마나 많았는가. 100도를 겨우 2도 남긴 98도에서 그만둔 많은 일들을 떠올리는 것은 아픈 일이다.

봄날의 꽃밭은 황홀하다. 세상의 모든 빛깔과 향기가 제각각 그곳에 어울려서 한 폭의 풍경화를 그려낸다. 봄의 초입에 피는 매화에서부터 진달래, 개나리, 목련과 벚꽃, 다투어 피고 지는 꽃들이 어느 하나 뒤처짐 없이 아름다운 것은 어쩌면 그 꽃이 견뎌낸 기다림의 대가인지도 모르겠다. 내 삶에 피었던 크고 작은 꽃들의 시간들을 기억하며 삶에 다가온 또 한 번 기다림의 시간에 나는 인내를 배운다. 온기를 저축하며 인내하면 어느 순간 또 한 번 꽃으로 활짝 피어나리라 믿으며.

옥상의 까치밥

비 내리는 시장 거리 좌판에서 한 아저씨가 사과를 팔고 있었다. 어둑해져 가는 거리엔 손님들의 발길이 뜸해져 가는데 아저씨는 과일을 팔아서 하루분의 양식을 얻지 못한 듯했다. 사지 않을 도리가 없었다.

과일을 그다지 좋아하지 않지만 사과만은 언제나 나를 붙든다. 나를 임신하고 그렇게 사과가 먹고 싶었는데 젊었던 아버지가 주변 눈치 보느라고 그걸 한 번 안 사 주더라며 지금도 엄마가 가끔 지청구를 대신다. 엄마 뱃속에서부터 나는 사과를 좋아했나 보다. 하긴 빗속의 시장 거리 좌판 위의 과일이 내가 싫어하는 토마토였어도 사주고 싶을 만큼 우울하고 습한 날이었다.

가격에 비해 씨알도 꽤 굵어서 흡족한 마음으로 사서

집으로 돌아왔는데 웬걸, 맛은 나의 기대를 배반했다. 사과 특유의 아삭함은 없고 수분도 적어서 먹기가 거북했다. 냉장고에서 하염없이 시들어 가던 것을 그래도 아까워 못 버리다가 봄맞이 대청소 때 몽땅 정리해서 꺼내 놓았다. 하지만 음식물 쓰레기로 내놓기엔 뭔가 켕겼다. 주변을 살펴보니 겨우내 추운 바깥에서 제 힘을 다해 버티느라 부적 야위어 있는 발코니의 화분에 눈길이 갔다. 거름으로 주면 좋겠다는 생각이 퍼뜩 떠올랐다. 사과 두 알을 반으로 잘라 화분에 올려두니 곧 새순을 피워낼 화분에 링거 한 대를 맞히는 기분이었다.

이제 시간이 지나면 사과는 부식되어서 흙 속으로 천천히 스며들 것이었다. 거름이 되어서 곧 피어날 새 잎들의 양분이 되리라는 생각을 하니 자연의 순환의 일부를 경험하는 듯했다. 그런데 임자가 따로 있었다. 이튿날 아침에 보니 하루분의 풍화를 겪고 말라가고 있을 것이라 생각했던 사과에 누군가 뾰족한 부리로 쪼아 먹은 흔적이 역력했다. 누군지 궁금했다. 매일 조금씩 파인 자국이 깊어져 갈 뿐 통 내 눈에는 띄지 않았다.

"삐삐삐."

이른 아침, 옥상 발코니로 향하는 쪽문 밖에서 경쾌한 새소리가 들렸다. 드디어 왔나 보다. 며칠간 나를 궁금하게 만들던 녀석, 혹시 달아날까 봐 이중창의 안쪽 문만 열고 바라보니 제법 큰 새 한 마리가 자신만의 성찬에 몰두해 있다. 어찌나 열중하는지 쳐다보는 나의 눈길은 아랑곳하지 않았다. 한참을 쪼아대다 느긋하게 난간에 올라서 이리저리 기웃거리더니 하늘로 포르르 날아올랐다. 며칠째 아껴 먹던 사과는 어제보다 하루치 양식이 줄어든 채 그 자리에 놓였다. 봄날 아침 새의 한 끼 식사가 온전하고 자족했다.

녀석은 우리 집 발코니에서 한 끼를 배불리 먹고 힘을 내어서 세상을 날면서 노래할 것이었다. 어쩌면 나 몰래 삼킨 사과씨 한 알을 세상 어딘가에 심어서 커다란 나무를 키워낼 꿈을 꾸고 있는지도 몰랐다. 씨앗 속에 몇 개의 열매가 들어있는지 나는 알지 못하지만 대지는 알고 있으리라. 애초에 생각한 방법은 아니었지만 사과는 더 멋지게 자연으로 돌아갔다. 나는 비로소 무용의 유용을 깨닫는다. 그 저녁, 한 바구니의 사과 값은 좌판을 펼친 아저씨의 한 끼 밥이 되었을 터이니

첫째 잘한 일이고, 배고픈 새의 몇 끼니가 되었으니 둘째 잘한 일이다. 그리고 싹까지 튼다면 세상에 사과나무 한 그루 심은 것이니 이 또한 좋은 일이 될 것이다.

옛사람들이 까치밥을 남긴 이유가 바로 이런 것이었나 싶었다. 넘치는 풍요의 시대이지만 내 것 챙기느라 남 돌아볼 여유를 잃은 내게 작은 새 한 마리가 알려준 나눔의 묘수에 그저 감탄할밖에.

제자리에서 조화롭게

오랜 가뭄과 뙤약볕으로 남부지방의 여름은 길고 가혹했다. 나날이 새로운 기록을 경신하는 기온에 35도 이하의 날씨쯤은 아무 감각도 없이 덤덤히 받아들일 만큼 익숙해졌을 때 처서를 맞았다.

더위 속에서도 처서는 처서다웠다. 어느 틈엔가 매미 소리보다 풀벌레 소리가 더 선명하게 들려오기 시작하더니 어느 하루 유난히 시끄럽게 귀뚜라미 한 마리가 울어댔다. 그 소리는 단번에 나의 마음을 사로잡았다. 나는 가을의 전령처럼 들려오는 소리를 한동안 감상하였다. 하지만 딱 거기까지였다. 귀뚜라미는 벽 틈에서 가을을 노래했지만 그 때문에 나는 깊은 잠을 반납해야 했다.

도대체 어디서 나는 소리일까? 한 마리의 귀뚜라미가 6층 아파트의 안방에서 그렇게 큰 소리로 우는 것이 도저히 이해되지 않았다. 쉼 없이 울다가 잠시 조용해지자 딸아이는 울다 지쳐 잠이 들었나 보다고 마음을 놓았지만 안심도 잠시, 귀뚜라미는 지치지도 않았다. 바로 머리맡에서 들리는 소음에 자다 깨다를 반복하기 사흘, 도저히 더는 참을 수 없는 지경에 이르렀다. 우선 나는 집 안 여기저기를 옮겨 다니며 시끄럽게 우는 저 울음소리가 어디서 들리는지 알아내야 했다. 곳곳에 귀를 대보고 찾은 장소는 바로 에어컨이었다. 여름의 상징물 속에서 귀뚜라미는 그토록 애타게 가을을 울고 있었던 것이다.

장소가 파악되자 일은 다 된 것이나 마찬가지라 여겨졌다. 우선 필터 뚜껑을 열어 보았다. 보일 리가 없었다. 할 수 없이 에어컨을 마구 흔들어 보았다. 심하게 흔들면 밑으로 떨어질 것이라는 생각은 나의 순진한 기대일 뿐, 에어컨이 요동치면 울던 소리가 뚝 그치고 잠시 고요하면 다시 울기를 반복했다. 이제 남은 방법은 하나뿐이었다.

가을의 전령을 살충제를 이용해 죽여야 한다는 사실

이 마음에 걸렸지만 어쩌랴, 하루 더 잠을 설치는 지옥을 감당할 자신이 없었다. 부랴부랴 가게로 가서 살충제를 한 통 사 집으로 왔다.

'치익'

한 번의 살포에 그토록 집요하던 귀뚜라미가 '툭' 발밑으로 떨어지고 말았다. 작고 약한 동물이었다. 힘없이 비틀대며 헤매다가 어느새 움직임이 잦아들었다. 죽은 귀뚜라미 한 마리를 오래 바라보았다. 단지 한 마리의 미물이 아니라 맨 먼저 찾아온 가을이었다. 그런데 그 가을은 자리를 잘못 찾아온 것이었다. 풀밭에 있었더라면 누구의 괴롭힘도 없이 제 명대로 온전히 노래 부르다 갔을 텐데 어쩌자고 아파트의 안방에 들어와서 그렇게 죽어야 했을까, 가엾고 안타까웠다.

쓰레받기에 담아 버리면서 마음이 복잡했다. 귀뚜라미의 주검 앞에서 말로써 먹고사는 나 자신을 돌아보게 된다. 내 깜냥에는 좋은 말, 위로의 말을 하려고 노력한다지만 그것이 어찌 모두 상황과 장소에 꼭 들어맞는다 할 수 있을까, 길을 잘못 든 귀뚜라미처럼 나도 엉뚱한 장소에서 남이 괴로워하는지도 모르고 열심히 떠들어댄 것은 아니었을까, 무심코 했던 말로 남에게 돌이킬 수 없는 상처를 주었던 것은 아니었나?

여름은 마치 변심한 옛 애인처럼 갑작스럽게 떠났다. 귀뚜라미 소리 사라진 내 방 안에 서늘한 바람과 함께 혁명처럼 가을이 왔다. 새벽의 선선한 기운에 이불 끌어당기며 아직 잠이 덜 깬 귀로 창밖에서 들려오는 풀벌레의 울음을 듣는다. 멀리서 들리는 소리는 아득하고 정답다. 제자리에서 제각각의 목소리로 가을을 노래하는 풀벌레들이 있어서 가을이 더 정취가 깊다.

이 가을에는 나도 저 풀벌레들처럼 꼭 필요한 자리에서 적당한 높이로 조화롭게, 행복이 되는 말을 하며 살고 싶다.

하나, 혹은 둘

이상한 일이었다. 늘 다니던 해안도로의 풍광을 더 운치 있게 만들어주던 섬은 둘이었다. 잔물결에 발을 담그고 물장난하는 어린 남매처럼 조그만 섬 두 개가 나란히 서 있는 모습이 정겨워 지나다니는 길에 한참을 바라보곤 했었다. 그런데 그날은 무슨 조화였는지 하나였다. 늘 해안도로 바로 밑에서 찰랑대던 바닷물이 저만치 물러나 섬은 둘이 아니라 하나가 되어 있었다. 평소와 너무 다른 그 바다의 모습에 나는 영문을 몰라 당황스러웠다. 문득 섬광처럼 머리를 지나치는 단어.

"아, 시간!"

그날따라 일정이 변경되어 평소에는 오전에 지나다

니던 길을 오후에 지나가게 되었다. 그러니 썰물이 물러나 바다가 조금 제 비밀을 드러낸 것이다. 깊디깊은 물속에서 둘로 나뉜 채 든든히 버티고 섰을 것이라 생각했던 그 섬 둘은 사실은 붙어 있었다. 바다가 그다지 깊지 않았기에 썰물에 본모습을 드러낸 형국이었다. 똑같은 사람이 똑같은 길을 가며 똑같은 풍경을 보았는데 단지 시간이 바뀌었다는 이유로 모든 것이 그토록 달라져 보인다는 사실. 당황스러움 속에서 내 머릿속의 굳은 생각 하나가 여지없이 깨어지는 소리를 듣는다. 만약 그 시간에 그곳을 지나가지 않았다면 나는 영원히 섬이 둘이라고 믿고 있었을 것이다. 하지만 내 눈으로 본 사실에 대한 견고한 믿음은 단지 시간이라는 단 한 가지의 조건이 달라지자 어이없이 사실이 아닌 것이 되고 말았다.

"내 두 눈으로 똑똑히 보았다."

자신의 생각을 주장할 때 곧잘 하는 말이다. 하긴 제 눈으로 보았다는데 당할 재간이 있는가, 모든 상황을 종식시키는 한마디가 바로 이 말이다. 하지만 제대로 보지 못했다면 이 또한 옳은 말은 아니라는 것을 나는 온 마음으로 느꼈다. 늘 나의 눈을 가리고 있던 바닷물이 한 걸음 물러나자 물 아래로 두 손 꼭 잡고 있던 섬의 진실이 보이는데 그것을 아예 생각조차 않고 늘 섬은 둘이라고 믿고 있었다. 나와 달리 오후 시간에만 그자리를 지나간 누군가는 의심의 여지 없이 섬은 하나라고, 제 두 눈으로 똑똑히 보았다고 믿고 있지는 않을까. 그렇다면 그 섬은 하나인가, 둘인가, 만약 오전과 오후에 각각 시각을 달리하여 본 두 사람이 우긴다면 누구의 말이 옳은 것일까?

비단 섬의 문제만이 아니다. 어제 보았던 것이 오늘 다르고, 작년에 보았던 것이 올해 다르다. 심지어 어제, 오늘의 사실이 다르기도 하다. 모든 것은 변한다. 사물이 변하고 사람이 변하고 사물을 바라보는 관점도 달라진다. 그런데 우리는 진실이 무엇인지 헤아려보지 않고 내 기억에 깊이 박혀있는 단상만이 절대적으로 옳은 것이라 우긴다. 제 생각만 옳고 제가 본 것만이 진실이라 여기는 것이다. 그야말로 우물 안 개구리, 우물에 앉아 하늘 보기다. 얕은 식견을 붙들고 본질과는 무관하게 내 두 눈으로 똑똑히 보았다는 그 사실 하나에만 아등바등 매달려 제 멋대로 진실을 해석하고 있다.

봄의 나무는 새 잎이 나고 여름에는 녹음이 무성하

다. 가을엔 열매와 낙엽, 그리고 겨울엔 나목이 된다. 하지만 여름에 일주일만 사는 매미는 무성한 녹음이 나무의 전부라 할 것이다. 하루살이가 부화한 날에 비가 온다면 그의 일생동안 비가 내린 것이므로 그에게 세상은 눅눅하고 습한 곳이 될 것이다.

보는 것은 중요하다. 하지만 더 중요한 것은 넓고 깊게 보는 것이고 제대로 해석하는 것이다. 섬은 밀물과 썰물 때문에 시간에 따라 둘도 되고 하나도 된다. 썰물이 많이 빠지는 날 갯벌은 넓어질 것이고 밀물이 밀려들면 금방 갯벌은 사라진다. 이것이 진실이다. 하지만 사람이 생각을 바꾸기란 얼마나 어려운가. 더구나 그 생각이 제가 본 것에서 얻은 여지없는 사실이라 믿으면 더더욱 그러할 것이다.

세상은 수많은 설들이 난무하고 갖가지 주장으로 어지럽기까지 하다. 이런 때 내 생각만 옳다고, 내 눈으로 똑똑히 보았다고 우기기 전에 '혹시 다른 시간에 반대 면에서 보았다면 어떨까?' 하고 한 번쯤 본 것을 회의하는 마음은 꼭 필요하다. 하늘 아래 절대적인 것은 없으니까, 섬은 하나이기도 둘이기도 한 것이니까 말이다.

호취간래 총시화 好取看來 總是花

거실에 둔 작은 화분의 나무에서 또 잎이 핀다. 좁은 가지 틈에 어떻게 이토록 많은 잎들이 숨어 있었던 것인지, 잎이 견뎌냈을 기다림의 시간이 경이롭다. 바로 얼마 전에 새로 핀 잎이 이젠 꽤 크게 자라서 제법 초록이 짙다. 갓 피어나는 잎은 아기 살결같이 여리다. 부드럽고 따뜻한 느낌이다. 식물이 주는 위안이 이런 것인가 보다.

지난겨울 이웃 할머니 한 분께 반찬을 나눠드렸더니 화분을 답례로 주셨다. 무엇인가를 받으면 꼭 다른 것으로 보답하고 싶어 하시는 것이 우리 어머니들의 마음인지라 괜찮다며 손사래를 쳐도 한사코 집 앞까지 가져다 주셨다. 그 화분을 처음 받았을 때의 심경은 뭐

랄까 고마움보다 부담 반, 난감함이 반이었다.

　나는 식물을 잘 키우지 못한다. 어린 시절에 봄이면 마당에서 지천으로 피어 나를 설레게 하던 꽃들의 기억은 생생하지만 어쩐지 내가 키우는 식물들은 오래 가지 못하고 죽었다. 게다가 요즘은 너무 시간이 없어 살아있는 무엇인가를 책임지고 키워야 한다는 사실은 나처럼 바쁜 사람에게는 사치로 느껴졌다. 선물로 주신 것을 잘 키우지 못한다면 그 마음의 부담도 만만하지 않을 것이라는 느낌이 더욱 무거웠다. 이러지도 저러지도 못한 채 그냥 추운 밖에다 내버려 두었다. 물을 주지 않고 내심 얼른 죽어 나를 이 부담감에서 해방시켜 주기를 바라며 신경도 쓰지 않았다. 이런 무관심에 나무는 점차 말라갔지만 쉽게 죽지는 않았다. 그런데 매일 매일 죽어가는 나무를 바라보는 일은 물 주고 키우는 일보다 훨씬 고통스러웠다. 괜히 화분 곁을 지날 때마다 죄짓는 마음이어서 어느 날은 생각을 달리했다. 나에게 온 인연을 저버리거나 피하지 말고 최선을 다해보기로….

　살리기로 작정하니 마음이 급해졌다. 시들어가는 나무에 우선 물을 흠뻑 주고 마른 잎을 떼어내고 나니 조금 생기가 도는 듯했다. 다음으로 나무를 본래의 작은 화분에서 뽑아서 분갈이를 했다. 무심코 지날 때는 몰랐는데 살펴보니 아파트 화단에 꽤 쓸 만한 빈 화분들이 주인을 기다리며 여러 개 놓여있었다. 그중에 하나 이 나무와 어울릴 만한 것으로 골라서 옮겨 심었다. 그럴듯한 화분이 완성되어 거실의 탁자에 놓아두니 이젠 혹시라도 죽을까 봐 노심초사다. 커피 찌꺼기를 거름 삼아 부어주고 유통기한 지난 우유도 주었다. 그동안 내버려 두었다는 미안함에 더 지극정성으로 돌보니 어느날 아침 새 잎이 났고 얼마 후에는 꽃까지 피워서 나를 놀랍게 만들었다. 이제는 물을 주며 잎이 새로 피는 것을 보고 시든 잎을 따주는 것이 큰 기쁨이 되었다. 내버려 두었더라면 자칫 소소하나 이 찬란한 기쁨을 맛보지 못할 뻔했다. 그런데 눈길을 주고 사랑을 베푸니 나에게 이런 기쁨을 준다. 식물은 물이 아니라 사랑과 관심으로 키운다는 것을 새삼 느끼고 생각한다.

작은 화분 하나가 이러할진대 심지어 사람이야. 거실에 놓인 작은 사진 한 장에 눈길이 간다. 거의 10여 년간 후원하고 있는 아프리카의 두 아이들이다. 애초에 이 아이들은 나와 아주 무관한 가난한 나라의 아이들이었다. 그들의 불행이 운 없이 가난한 나라에 태어난 탓이라고 여긴 때에는 그 아이들은 아예 모르는 아이들이었다. 하지만 그 불행과 가난의 원인보다 그 아이들이 놓인 현실에 주목하니 아이들의 문제가 나의 문제가 되었다. 내가 물을 주고 분갈이를 시작하자 생기를 띠기 시작한 나무처럼 아이들도 사랑과 관심으로 그렇게 미래를 꿈꾸게 되었다. 기쁜 일이다. 나의 작은 도움으로 이 아이들이 교육받고 자신의 꿈을 이루게 된다면 아마도 나무가 꽃을 피운 것보다 훨씬 더 큰 기쁨을 누리게 될 것 같다.

惡將除去 無非草 好取看來 總是花

"밉게 보면 뽑아버려야 할 잡초 아닌 것이 없고 좋게 보면 모든 것이 꽃이 되어 나에게 온다."

이 평범한 진리의 말이 새삼 와닿는다. 더 일찍, 더 많이 사랑해 주지 못해서 미안하다고 진심으로 사과하고 싶다. 그 나무에게. 그리고 우리 주변의 작고 약한 모든 존재들에게.

흔적

사람들은 도시의 삶이 싫어지면 섬으로 떠난다.
섬이 존재해야 하는 이유이다.
섬에 사는 사람들에게 섬은 치열한 삶의 현장이겠지만
섬을 바라보는 사람들에게는
마음속의 정처이다.

5101호실의 전투

이틀 내내 병실 창문으론 장맛비와 구름만 가득하더니 오늘은 햇살이 환하다. 늙은 여자 다섯 사람과 늙어가는 여자 한 사람이 앓고 있는 병실이 모처럼 햇살 아래 밝다.

폐렴으로 입원을 했다. 감기로 연이틀 링거를 맞고 약을 먹어도 열이 내리지 않고 근육통과 불쾌한 고열감이 지속되었다. 사흘째 병원행에 심상찮았는지 의사가 엑스레이를 찍어보자고 했다. 설마 했는데 폐렴이 꽤 심하다며 바로 입원을 권했다. 의료에 문외한인 내가 봐도 폐는 마치 안개 낀 것처럼 흐릿하게 뭔가에 둘러 싸여 있었다. 나를 그토록 괴롭히던 아픔의 정체가 바로 거기 있었다. 내 속에 은밀한 도둑처럼 숨어서 몸을 공격하고 정신마저 황폐하게 만든 것은 폐렴균이었다. 그 복병의 강펀치에 나는 오픈 경기에 흠씬 두드려 맞고 본경기에 나설 전의조차 상실한 겁먹은 복서처럼 지쳐있었다. 이 상황이 흰 수건 던지고 기권할 수 있는 권투 경기라면 좋았으련만 피할 방법이 없었다.

노인도 아니고 무슨 폐렴이냐고 어이없어했더니 의사는 성인 사망원인 4위가 폐렴이라며 큰일 날 소리라고 손사래를 쳤다. 그 길로 제일 가까운 큰 병원의 응급실로 가서 입원 수속을 밟고 준비도 없이 마산의료원의 5101호 전투장에 입장했다. 그나마 운 좋게 병상이 딱 하나 남아있어서 가능했던 일이었다. 다인실이 부담스럽고 여러 여건이 마음에 맞지 않았지만 선택의 여지가 없었다.

생판 모르던 남들과 '병' 이라는 공통점으로 한 병실에서 어울려서 앓는다는 것은 어색한 일이었다. 더욱이 이곳은 공공의료기관이라 환자의 절대다수가 노령층이었다. 5101호에서 그나마 젊은 환자는 나뿐이었다. 며칠이 될지 모르지만 다섯 명의 할머니들과의 어색한 동거가 이렇게 시작되었다.

처음 이틀은 열이 떨어지지 않아서 남을 돌아볼 여유

가 없었다. 나는 해열제와 항생제로 몸속의 균과 치열하게 싸웠다. 시간의 개념이 없었고 고열과 근육통으로 잠 속으로 깊이 미끄러져 들어가지도 못했다. 선잠에서 깨어 바라보는 창밖엔 올해의 첫 장맛비가 끊질기게 쏟아져 내렸다. 어둠과 빗속에서 할머니들도 각자의 고통으로 뒤척였다. 알 수 없는 동료의식이 혼자가 아니라는 안도감으로 다가왔다.

이틀을 꼬박 항생제를 들이부었다. 38도를 넘나들던 열이 겨우 37도 언저리로 내려앉은 아침에서야 비로소 눈이 뜨였다. 전날의 비가 무색하게 날씨는 화창하고 커다란 창으로 들이비친 햇살이 축복 같은 아침이었다. 나보다 먼저 깬 할머니 두 분이 사이좋게 머리를 맞대고 창밖을 내다보고 있었다. 무엇을 보고 계신가 궁금하여 내다보니 회색으로 세련되게 지은 건물의 '장례식장' 간판 아래로 막 장지로 출발하려는 장의차 한 대가 있었다.

"또 한 사람 가네."

"내 차례도 머잖네."

어떤 비탄도 없이 담담하게 말하는 목소리는 차라리 달관에 가까웠다. 삶의 끝에 필연으로 존재한다는 알면서도 애써 눈길을 피하던 죽음이 그토록 가까운 곳에 아무런 표정도 없이 무채색으로 존재하고 있었다.

죽음이란 본래 아무런 색깔도 없다. 다만 그것을 바라보는 사람들이 각자의 색깔을 부여할 뿐이다. 세상의 모든 색깔을 합하면 검정색이 된다니 죽음의 상징색을 검정으로 정한 것은 썩 그럴듯한 일이라는 생각이 든다. 노랑, 빨강, 초록, 흰색으로 다양하게 살던 모든 사람들의 삶이 완벽한 평등으로 섞인 최종의 색이 검정이기에 당연한 일이라 싶다. 환한 햇살 아래 유난히 도드라진 검정색의 죽음이 거기 있었다. 바로 저 지점을 향해 가면서 나는 이토록 숨이 가빴던가. 조금만 천천히 걸어도 아무런 문제도 없을 텐데.

아침 엑스레이에서 폐는 다행히 병균과의 전쟁에서 승기를 굳히고 있었다. 머지않은 날에 입원은 끝날 것이다. 그리고 나는 일상으로 지각한 신입사원처럼 허겁지겁 돌아가 또다시 잔뜩 밀린 숙제들에 파묻히리라. 하지만 가끔 이곳, 삶과 죽음이 섞이고 건강과 질병이 하나 된 마산의료원 5101호실에서 치렀던 치열한 전투를 떠올릴 생각이다. 그러면 조금은 힘을 빼고 느긋하게 걸을 수 있지 않을까.

다시 한번 꿈을 꿀 수 있다면

가설극장이 들어온다는 소식을 알리는 포스터가 붙는 날은 마을이 들끓었다. 샌드위치처럼 광고판을 앞뒤로 맨 아저씨들이 영화를 광고하고 다니면 아이들은 그 뒤를 졸졸 따라다녔다.

드디어 개봉일, 냇가에 세워진 가설극장은 밤을 기다렸다. 허름한 설비에 흰색으로 둘러친 천막은 밤이 깊어서 어두워져야 겨우 제 기능을 했다. 오락거리라곤 동네에 몇 대 있는 텔레비전뿐, 산과 들이 모두 우리들의 놀이터가 되어 주었지만 신문물의 상징인 영화의 발치도 따라갈 수 없는 일이었다. 영화가 주는 매력은 황홀하기까지 했다. 심장이 쫄깃해지는 재미를 놓칠 수 없어서 영화표 한 장 사달라고 보채던 그날들이 아득한 옛날이다.

여름의 길고 긴 낮이 끝나도 밤은 더디게 찾아와서 우리의 애를 태웠다. 영화가 시작되면 조잘대던 소리는 일제히 멈추고 천막엔 낡은 영사기 소리만 가득했다. 〈미워도 다시 한번〉, 〈엄마 없는 하늘 아래〉 등 신파조의 영화들을 보고 그렇게 재미있고 슬퍼서 웃고 울곤 했던 기억이 새롭다.

비교적 살림살이가 넉넉했던 집에서야 영화표 한 장 별것 아니었지만 궁색한 시골 마을에서 형편이 어려웠던 친구들은 이튿날 학교에서 친구들의 관람담을 부러움 가득한 눈으로 듣곤 했다. 하지만 어디에나 현실의 고난을 뚫는 투지를 지닌 무리는 있는 법, 부모님을 졸라도 졸라도 표 한 장을 얻지 못한 아이 중에는 용감한 모험을 감행하는 경우도 있었다. 흰 천막 밖을 뱅뱅 돌다가 슬쩍 엎드려 몸을 가설 천막 밑으로 밀어 넣는 것이었는데 재수가 좋으면 들키지 않고 영화를 공짜로 보기도 했다. 하지만 이런 공짜 관람의 기회는 '재수가 좋으면'이라는 단서가 붙었다. 공짜 관람을 노리는 아이들과 그런 얌체족을 막으려는 가설극장 측의 눈치싸움은 늘 치열하고 팽팽했다. 자갈밭 위로 엎드린 몸을 겨우 밀어 넣었을 때 덩치 커다란 아저씨들에게 바로 붙잡혀 손 들고 극장입구에 서 있는 일도 다반사였다.

의자 하나 없이 울퉁불퉁한 자갈밭에 그대로 펼쳐놓은 멍석이 관람석의 전부였지만 시작을 기다리는 동안은 세상 무엇도 부럽지 않았다. 장엄한 음악과 함께 엔딩 크레딧이 올라가고 영화가 끝나도 사람들은 좀체 자리에서 일어나지 못했다. 가설극장의 천막이 떠날 때까지 마을 느티나무 아래 평상에선 영화평론장이 펼쳐졌다. 과장된 연기와 의도된 신파였지만 순박한 관객들은 그것만으로도 충분했다. 감동과 눈물은 쏟아질 듯 무수한 별이 되었고 그 밤하늘 아래는 형광색 포물선을 그리며 반딧불이가 날았다. 냇물처럼 은하수가 흐르던 밤에 유난히 감수성이 풍부하던 단발머리 가시내는 어른이 되면 영화처럼 슬프고 아름다운 사랑을 하리라 다짐하곤 했다.

50여 년의 시간이 빠르게도 흘러 참 많은 것을 바꿔놓았다. 며칠 전 지인이 영화표를 선물해 줘 친구들 몇 명과 함께 극장으로 향했다. 다소 잦아들기는 했지만 코로나 사태 와중이라 관람객은 우리 네 사람뿐, 게다가 의자는 최고급 리클라이너였다. 덕분에 전세 낸 극장에서 넷이서 제멋대로 누워서 낄낄대며 영화를 보았다. 에어컨은 시원했고 음향, 시설, 화면 어느 것 하나 불편이 없었다. 50년 사이의 엄청난 발전이라면 발전이요, 옛날이었다면 감히 생각하지도 못할 호사였다.

그런데 극장 문을 나서는데 영혼 없이 그저 후딱 시간만 때우고 나온 고약한 느낌은 무엇이었나. 왜 감동이 없었을까? 영화는 세련되고 멋있어졌는데 왜 그만큼 오진 재미는 없어졌을까? 도시의 하늘에는 어린 날의 별빛이 있을 리 없고 반딧불이의 궤적을 따라 꿈꾸던 소녀는 이미 늙어버렸다. 그토록 재미있는 일은 현실이 아니라 영화에서만 가능하다는 것도 일찍이 알아챘다. 하지만 안다는 것이 나를 행복하게 하지는 못했다. 새삼 얻은 것과 잃어버린 것 사이에서 세월을 되돌아보게 된다. 50년 전의 그 밤으로 돌아가서 다시 한번 반딧불이와 별빛 아래 꿈을 꿀 수 있다면.

목욕탕에서 노자를 만나다

몸은 따뜻하다. 엄마의 품, 할머니의 손, 사랑하는 이와 나누었던 긴 입맞춤의 온기. 바람 부는 생의 거리에서 우리가 버틸 수 있는 것은 따뜻한 몸의 기억 때문이다.

벗은 몸은 가엾고 정직하다. 톨스토이는 「사람은 무엇으로 사는가」에서 우리들에게 가르치기 위해 천사 미하일을 벗은 몸으로 지상으로 쫓아냈다. 소설가 전영택은 소설 『화수분』에서 생의 끈질긴 희망을 노래하기 위해 여식의 작은 몸뚱이를 부부의 품속에서 지켜냈다. 가난하고 벗은 몸의 진실은 벌거벗은 감동으로 우리에게 왔다.

세상이 세월보다 빨리 변하였지만 우리는 늘 따뜻한

몸에 목마르다. 그래서 나는 동네 목욕탕을 좋아한다. 동네 목욕탕에선 벗은 몸들이 아무런 꾸밈도 차별도 없이 마주 앉는다. 절대 평등의 경지가 그곳에 있다. 온탕에 몸을 담그고 앉아 부연 수증기 속을 떠다니는 몸들을 본다. 미끈한 날씬함으로 과시하는 몸이 아니라 삶의 온갖 흔적을 이력서처럼 새기고 현실에 건강하게 존재하는 몸이다.

많은 여자들의 배에 가로, 세로의 상처 자국이 있다. 제왕절개라 하는 출산의 흔적이다. 자식을 세상에 태어나게 하려고, 기꺼이 배를 가르는 수고를 마다하지 않았던 훈장들, 생명의 흔적은 사랑스럽고 눈부시다.

어깨나 등에 벌겋고 동그랗게 남아있는 도장은 부황 뜬 자국이다. 생활에 지친 여자들의 몸은 고단하다. 삶의 무게에 눌려 어깨와 팔, 다리 어디 한 곳 아프고 쑤시지 않은 곳이 없다. 시원한 것은 잠깐뿐이지만 그래도 여자의 몸은 부황기의 위로가 고맙다.

한 아줌마 어깨에 칼자국 같은 흉터가 유난히 눈에 띈다. 다가서기 머뭇거려질 만큼 깊고 큰 상처의 내력은 함께 수다 떨다 밝혀졌다. 어린 시절에, 시샘 많고 질투가 심하던 언니가 벼를 베다가 동생이 훨씬 일 잘

한다는 소리에 던진 낫이 꽂힌 자리란다. 수십 년이 지난 지금도 깊은 흉터가 남아 아직도 팔이 곧게 펴지지 않는단다. 원망이 컸을 터인데 상처가 아물듯 미움은 흔적도 없이 사라졌다. 다만 지금껏 질투와 시샘 속에서 만족을 모르고 사는 언니가 가엾을 뿐이란다. 상처보다 깊은 혈육의 정에 내 속에서 뜨거운 것이 치밀어 명치끝이 아릿하다.

식당 하는 억척아줌마가 며칠 안 보는 사이 유난히 수척해진 것이 눈에 띄었다. 남편이 젊은 여자랑 바람이 나서 마음 돌리게 하느라 밥도 굶고 살을 뺐다는 숙덕거림이 들린다. 아무리 안간힘으로 살을 빼도 그녀는 매력적이지 않다. 다만 탄력을 잃고 처진 엉덩이와 가슴이 가엾을 뿐이다.

누구도 드러내 놓고 말하진 못하지만 다들 꼭 남의 일만은 아니라는 위기의식을 느낀다. 그래서 자신의 불룩한 뱃살과 떡 벌어진 어깨를 심란해한다. 그 몸으로 기를 쓰고 살아낸 끝에 이제 겨우 살만해졌는데 이제는 그 때문에 버림을 받는 아이러니. 삶은 때로 가혹하고 안타까운 것.

이런 가지가지 상처들을 마음에 품었다 해도 목욕탕

물속에 앉으면 순하게 아물어 견딜 만하게 느껴진다. 십여 년 동네 골목의 한 목욕탕을 이용하면서 만나는 수많은 사람들이 서로의 몸에서 세월을 느낀다. 수줍던 새색시는 억센 아줌마가 되어가고, 괄괄하던 아줌마는 어딘지 힘이 빠진 초로의 노인이 되었다. 흰머리 곱던 할머니는 이제 이 세상 사람이 아니다. 물 따라 몸이 늙어가고 삶과 죽음이 교차한다.

며칠 전에 딸과 함께 친정어머니를 모시고 모녀 3대가 목욕탕에 갔다. 여섯 남매를 낳고 키우느라 어머니의 몸은 너무나 낡고 작아졌다. 젊은 날 한때 매끈하고 몸피 좋던 어머니는 다른 사람이 된 듯했다. 살들이 빠져나가 버린 자리는 견디어온 생의 무게로 헐겁게 늘어져 가죽만 남았다. 말할 수 없는 연민이 마음 밑바닥에서 솟아난다. 어머니의 등을 미는 일은 눈물겨웠다. 나의 마음을 아신 어머니는 '괜찮다, 너희들이 있어서 괜찮다.' 하신다. 늙으신 어머니의 몸은 이제 우리 여섯 남매를 통해 존재를 증명할 뿐이다.

나는 어머니의 몸에서 느낀 연민을 보상받고 싶어 뿌연 수증기 사이로 딸아이를 찾는다. 풋풋하고 사랑스러운 몸, 낯익으나 불쑥 자란 딸을 보며 물처럼 흐른 세월을 느낀다. 때밀이 수건이 아프다며 징징대던 어린 딸을 잠깐의 세월이 이렇게 키워 놓은 것이다. 여린 새 싹 같던 딸아이의 몸은 막 피어나려는 꽃봉오리같이 자랐다. 어느 해 봄, 나의 배에 길게 생명의 자국을 남기고 태어났던 아이, 건조주의보 끝에 봄비와 함께 내게 온 아이였다. 어릴 땐 어찌나 많이 울었는지 얼굴이 늘 홍당무 같더니 그 씨앗 속에 저렇게 예쁜 몸이 숨겨져 있었다는 사실이 경이롭다.

늙은 어머니의 몸과 불쑥 자란 딸아이의 몸이 나를 사이에 두고 징검다리처럼 놓여있다. 그 사이에서 이제 늙음도 쇠락도 편안하게 받아들일 수 있을 것 같다. 내 어머니가 나를 통해 영원히 사는 것처럼 나 또한 내 아이의 몸을 통해 이어지는 생명과 영원히 함께할 수 있을 것이므로. 그래서 어머니처럼 나도 '괜찮다, 괜찮다.' 하고 말할 수 있을 것 같다.

안타깝게도 목욕탕의 문을 나서는 순간, 몸의 평등과 평화는 여지없이 깨어진다. 세상은 몸을 무게와 부피에 따라 계급 짓는다. 야윈 몸, 한 점의 살이라도 덜어내려 안간힘을 써서 만들어진 몸들이 권력의 정점에 놓여있다. 동네 목욕탕 안에서 그토록 평등하고 평화

롭던 몸들이 목욕탕 문밖의 세상에선 주눅 들기 일쑤다. 그래서 목욕탕의 평화가 더 소중하다.

동네 목욕탕에서 만나는 몸은 가난한 사람들의 몸이요, 고단한 서민들의 정직한 초상이다. 나는 가엾고 못난 몸 앞에서 말할 수 없는 연민과 동질감을 느낀다. 그 몸은 아무리 어려운 일이 닥쳐오고 삶이 때로는 짓궂은 장난을 쳐댄다 해도 든든히 버텨낼 만한 뱃심이 있는 몸이요, 저마다의 사연으로 아름답고 고마운 몸이다. 억지로 만든 몸이 아니라 세월의 나이테처럼 만들어진 몸이다.

노자의 『도덕경』에서 읽었다. 상선약수上善若水라고. 만물에 순응하여 다투지 않고 끊임없이 베푸는 것이 물이라 했던가. 그래서 노자는 도를 물과 같다 했다. 끊임없이 낮은 곳으로 흘러가 바다에 닿은 물처럼 우리의 생도 그렇게 흘러간다. 그 물과 함께 아이는 자라 소녀가 되었고, 어머니는 늙어 할머니가 되었다

일요일 아침 곤히 자는 딸아이를 깨워 목욕탕으로 간다. 뚱뚱한 몸, 날씬한 몸, 야윈 몸, 이런 저런 몸들이 목욕탕 속에 함께 들어앉아 웃고 있다. 물이 바로 그 순간을 상선으로 바꾸어 놓았다.

목욕물만큼 따뜻한 위로가 마음속으로 가만히 흘러
든다.

메멘토 모리Memento mori

외출을 준비하며 옷차림에 맞는 방한용품을 찾다가 옷장에 얌전히 걸린 검정색 스카프를 발견했다. 그 위로 겹치는 얼굴, 스카프 한 장 따뜻한 선물로 남기고 이젠 다시 되돌아올 수 없는 먼 길로 가신 박정녀 씨, 갑자기 목젖이 뻐근해져 왔다.

시각 장애인들과 독서, 글쓰기 수업을 하면서 어려서부터 책 읽기 좋아했던 내게 주어진 운명의 힘과 감동을 느꼈다. 처음 수업을 하게 되었을 때 설렘과 두려움이 섞인 묘한 감정이었다. 한 번도 경험해 보지 못한 시각 장애인 대상의 수업, 보지 못한다는 것은 어떤 장애일지, 혹시라도 내가 편견으로 이분들에게 상처를 주지 않을까 걱정스러운 마음, 이런 것들이 온통 뒤섞

여 혼란스럽기도 했다. 하지만 이런 나의 생각은 첫 수업 시간에 여지없이 깨어지고 말았다. 활자로 된 책을 소리 내어 읽지 못하는 것이 오히려 이상하게 느껴질 정도로 그분들은 밝고 활기찼다. 좋은 책을 읽어 드린 후 함께 이야기를 나누고 매일 자신의 생각을 시나 수필로 써보는 수업은 놀라울 정도로 재미있고 감동적이었다. 누구나 밖에서 피상적으로 보는 것으로 타인을 평가할 수 없다는 것, 누구든 자신만의 방식으로 아프고 힘든 삶에 당당히 맞서 행복을 찾고 있다는 것, 그리고 때로는 하나의 결핍을 가진 이들이 감수성과 마음의 깊이는 훨씬 풍요할 수 있다는 것까지 강의하면서 오히려 내가 많이 배우고 느꼈다. 책이 맺어준 귀하디귀한 인연으로 나는 인간으로 좀 더 성숙할 수 있었다.

강의 초반, 수업 시간마다 한 번도 탈 없이 지나간 날이 없다 싶게 감동과 아픔으로 자주 울던 내가 마음 깊이 그분들과 하나가 되어 많이 웃게 될 무렵 일 년의 계획된 강의가 끝나고 종강식을 했다. 그동안 모아둔 작품으로 낭송집을 내고 색지에 프린트해서 벽에 거니 그럴듯한 전시장이 되었다. 다들 보이지 않는 눈으로 애써 쓴 글의 감동에 숙연해졌다.

종강식이 끝날 무렵 수강했던 박정녀 씨가 포장지에 싸인 뭔가를 건네주셨다. 험한 세상 살아와 이제는 눈도 제대로 보이지 않는 자기 같은 사람이 이렇게 문학을 배우고 시를 쓴다는 것이 꿈만 같다며 소녀처럼 기뻐하셨던 분, 살아서부터 무던히 속을 끓게 하다 이제는 죽어서 만날 수도 없는 남편에 대한 아득한 그리움을 '생이별, 영이별'이란 시로 풀어내서 나를 울리셨던 그분이 주신 것은 스카프였다. 방 한 칸 얻을 돈이 없어서 딸집에서 얹혀사는 가난한 처지, 그분에게 그 한 장의 스카프는 얼마나 힘들게 산 것이었을까. 그 생각 앞에 나는 여지없이 무너져서 다시 한번 눈물을 쏟고 말았다.

한 달 뒤에 다시 만나 함께 경주로 문학 기행을 하기로 약속했던 그분은 그러나 한 달을 기다리지 못하고 그만 지병이 갑작스럽게 악화되어 서둘러 떠나고 말았다. 장례마저 끝난 뒤 소식을 듣고 망연했던 내가 할 수 있는 것은 영원히 기억하겠노라 다짐뿐이었다. 많은 죽음을 경험하고 더러 아프기도 했지만 삶이 이토록 갑작스럽게 끝난다는 사실은 충격이었다. 영원까진 생각하진 못하더라도 한 달 뒤의 약속을 지키지 못하고 그렇게 끝날 수 있는 것이 삶이고 생명이라면 그건 너무 가벼운 일이었다. 이토록 하찮은 존재감을 붙들고 왜 그렇게 헛된 것들에 집착해 왔던 것일까.

로마의 개선장군들은 승리의 행진을 할 때 전쟁에 패해서 포로가 된 이들에게 '메멘토 모리'란 말을 주문처럼 외우며 뒤따르게 했다 한다. 삶의 순간에 불쑥 불청객처럼 찾아와 우리를 불편하게 만드는 죽음은 어쨌든 피하고 싶지 빛나는 승리의 순간에 기억하고 싶은 존재는 아닐 터이다. 하지만 절정에서 그들은 의도적으로 마지막을 기억했고 이로 인해 성취의 자만과 지나친 도취를 경계했다는 것이다.

오늘 아침, 나에겐 한 장의 스카프가 '메멘토 모리'를 말했다. 돈과 명예, 집착, 흘러가는 것들에게 주인의 자리를 내주고 기꺼이 노예가 되어 굴복하는 일상의 삶에 경종을 울리는 소중한 따뜻함 앞에서 언젠가 찾아올 마지막을 기억한다. 덧없이 끝날 삶, 하지만 덧없음을 가치로 바꾸기 위해, 곧 다가올 마지막의 때를 후회로 피하지 않기 위해 오늘이라는 선물을 더 기쁘게 받고 값지게 쓰고 싶다.

몸을 위한 담론

벗는다는 것은 묘한 감흥을 준다. 태초에 범죄 한 아담과 하와의 역사 이래로 벗음은 곧 수치가 되었기에 사람들은 벗은 몸을 그럴듯하게 감추기 위해 살아간다. 벗은 몸으로 태어나서 그 몸을 치장하려 더 멋진 옷을 입고, 더 큰 집에 살기 위해 한평생 발버둥치다가 가는 것이 생이다. 쓸쓸하고 허망하다.

그리 멀지 않은 과거까지 벗은 몸은 가엾고 정직하고 가난하였다. 가난하고 벌거벗은 것들이 온몸으로 이야기한 세상의 진실은 벌거벗은 감동으로 우리에게 왔다. 어떤 이들이 벗은 몸을 가리기 위해 발버둥치는 동안 또 다른 한 무리의 사람들은 가식도 과장도 없이 오직 맨살 그대로의 감동을 느끼고, 전하기 위해 밤을 하얇게 새고 인생을 송두리째 바치기도 했다.

세월은 빠르게 흘러갔고 세상은 세월보다 더 빠르게 바뀌었다. 이전에는 어떤 것을 입었는지가 권력의 상징이었다면 이제는 교묘하게 벗고 나서는 무리가 권력의 새로운 축으로 떠올랐다. 말초의 끈적한 욕망을 찾아 오늘도 대중의 취향이라는 쓰레기 더미를 뒤지는 미디어와 수많은 장사꾼들이 벗은 몸의 신화를 만들어냈다. 이런 시대에는 차라리 포르노그래피가 정직하다. 이름 속에 이미 변태와 중독성이라는 개념을 드러내고 있기 때문에 원치 않으면 뜨겁고 위험한 불을 피하듯 가까이에 다가서지 않으면 된다.

그러나 수많은 케이블과 인터넷 매체들, 심지어 지상파 방송조차도 벗은 몸의 저급한 영웅화에 나서는 지금의 세태는 매우 위태로워 보인다. 연예인들은 벗기를 경쟁하며 몸을 혹사하고 있고 이런 분위기는 고스란히, 물을 마시듯 숨을 쉬듯 매체에 노출되어 있는 우리 보통 사람들의 생각에까지도 영향을 미쳤다. 패션모델이 될 것도 아닌데 우리가 보기에 충분히 예쁜 보통의 몸매를 가진 사람들조차 몸을 쥐어짜서 한 조각의 살점이라도 덜어내려고 혈안이 되어있다. 운동으로 안 되면 굶고, 그것도 모자라면 주저 없이 쉽고 빠른 성형수술을 택한다. 지방흡입 수술 도중 사망했다는 소식은 그리 대단한 뉴스가 아니다. 아직 다 자라지도 않은 여자아이들이 거식증으로 죽기도 한다. 마른 몸을 선호하는 단 하나의 이유는 남들에게 섹시하게 보이기 위해서이다. 극단적 다이어트, 그렇게 허망한 살빼기와 노출의 끝에 무슨 영화가 놓여있다고 왜 그렇게들 몸에 미쳐있는지 모르겠다. 이전에는 '섹시하다'는 말을 들으면 모욕감을 느꼈다는데 이제는 섹시하다는 말 한 번도 들어보지 못한 것이 최고의 굴욕이라니 참 세상이 바뀌어도 너무 많이 바뀐 것 같다.

이것은 비단 여성의 문제만이 아니어서 이제는 남자들도 식스팩, 초콜릿 복근에 목숨을 걸고 온통 몸만들기 열풍에 동참하고 있다. 은근히 근육 자랑하려 윗도리 한번 못 벗는 남자는 시대에 뒤떨어지는 사람이 되어버렸다. 이전에 압구정동의 거리를 지나가면서 눈이 휘둥그레진 적이 있다. 광고에서 그토록 보아온 압구정역 5번 출구에 줄지어 늘어선 수많은 성형외과들, 심지어 한 건물 안에 수백 명의 전문의들이 몸의 권력을 만들기 위해 고군분투 중이란다. 참으로 몸으로 말하고 몸으로 돈 버는 시대라 하겠다. 이런 몸에서는 감동이 없다. 오직 돈의 논리에 혹사당하는 자본주의의 표상이 있을 뿐, 돈이 없으면 그 몸들도 사라질 것이다. 완벽한 각선미와 식스팩으로 자본주의에 종사하는 몸들은 건강한 실체가 아니라 안개와 같이 몽롱한 허상이요, 수태도 못하는, 오직 쾌락과 성을 위한 도구일 뿐이다.

지나치게 마른 몸매의 모델이 퇴출되고 빅 사이즈 몸매의 평범한 사람들이 가끔 주목을 받기도 하지만 이것이 일반화된 현상은 아니다. 그저 낯설고 새로움에 대한 열광일 뿐이다. 빌렌도르프의 비너스가 희화화된 것은 이미 오랜 일이지만 밀로의 비너스조차 이 시대에 태어났다면 그저 그런 평범한 몸매일 뿐일 것이다.

르누아르 그림 속의 평범하고 건강한 몸들이 일상으로 받아들여지는 시대는 언제쯤 다시 오려나. 평범한 아줌마로 살아가는 나는 그런 일상성이 그립다.

새벽닭이 울 때마다

라디오에서 아득하게 잊고 있던 곳의 소식을 들었다. '진해 흑백다방', 이제는 문화공간으로 탈바꿈한 그곳에서 피아니스트인 고 유택열 화백 따님이 피아노 연주회를 연다고 했다. 흑백다방이라는 이름을 듣는 순간 기억의 한 자락이 수묵화처럼 아득히 번져간다.

90년대 초반, 벌써 30여 년이 지난 아득했던 그 시절, 나는 잠시 방송국 작가 생활을 했다. 주 1회, 프로야구 중계와 겹치면 결방이 되기 일쑤였지만 우리 지역에서 활동하는 작가들의 작품 세계를 알리고 시청자들과 공유하는 그 프로그램에 한 편 한 편 공을 들였다. 지금이야 지역에서 활동하는 작가들의 분야도 다양해졌지만 당시 우리 경남지역 작가들은 미술 분야에

서 절대 다수를 차지했다. 작가들의 작업을 통해 미완
성의 그림들이 완성되어 가는 것과 그림 속에 숨은 이
야기를 풀어서 알아가는 과정에서 꽤 재미가 있었다.

화가들의 작업실에 가면 유독 눈에 띄는 이미지가 있
게 마련이다. 유난히 대작을 그리는 작가들의 작업실
은 그림보다 엄청난 크기의 캔버스가 사람을 압도하
고, 추상화가의 작업실에서는 왠지 모를 난해함이 느
껴진다. 그런데 유택열 화백의 작업실에서 나를 붙든
것은 그림이 아니라 붓글로 쓴 시 한 구절이었다.

"새벽닭이 울 때마다 보고 싶었다."

온통 어지러운 작업실 한 기둥에 붓으로 쓴 서정주
시 「부활」의 한 구절이 붙어 있었다. 서정주 시인을 좋
아해 자주 접했던 시였는데 어쩐지 내가 알던 그 시가
아닌 듯했다. 새벽닭이 울 때마다 보고 싶은 마음은 얼
마만큼의 깊이일까? 나는 그 아득한 그리움을 헤아려
보다 포기해야 했다. 그저 보고 싶은, 그리운, 이런 수
식어로는 알 수 없는 무엇이라는 생각 때문이었다.

어느새 유 화백의 화실을 가득 메운 추상화들을 그리
움이란 단어와 연관하여 살펴보고 있었다. 마음으로는
혹시 예술가의 자유분방한 생활 속에 늦게 찾아온 사

랑하는 여인이라도 있는 것은 아닐까, 달콤한 상상을 하면서 살펴보니 흑백 위주로 동양화풍으로 그린 화백의 그림들에 그리움의 이미지가 그럴듯하게 들어맞는 것도 같았다.

취재가 끝나갈 무렵 누가 그렇게 그리우냐고 여쭈었다. 한참을 망설이던 노화백은 짧게 나에게 고향이 어디냐고 물으셨다. 그 말 뒤 한참 뜸을 들이시더니 "나는 실향민이야. 북쪽이 고향이지."라고 했다.

고향에 두고 온 수많은 그리운 것들, 정자나무, 우물가의 정담, 구수한 밥 냄새, 고향 뒷산의 완만한 등성이와 계절의 우수들. 그리고 그 어떤 것보다 더 그리운 사람들…. 노화백을 새벽마다 닭 울음처럼 깨운 것은 바로 두고 온 것들에 대한 사무치는 그리움이었다. 그것은 세상에 존재하는 하고많은 그리움 중 가장 절실하고 안타까운 그런 마음이었다. 내가 가진 감정의 깊이를 다 합해도 그 심연에는 도달하지 못할 것 같았다. 새벽마다 그리움으로 잠이 깬 유택열 화백은 풀지 못할 그리움을 가슴에 응어리처럼 안고 살다 세상을 떠났다. 고인의 부고를 들었을 때도 "새벽닭이 울 때마다 보고 싶었다."라는 말이 유언처럼 내 마음에 떠올랐다.

삶은 만남과 헤어짐의 씨실과 날실로 엮는 과정이다. 우리 삶에 다가오는 이 많은 만남들을 우리는 어떻게 가꾸어가고 있을까? 세상엔 간절히 바라지만 현실의 벽에 가로막혀 끝내 만나지 못하는 인연도 있고, 늘 곁에 있기에 소중한 줄 모르고 무심히 흘려버리는 만남도 있다. 나에게 있는 소중한 이들, 나에게 주어진 인연을 나는 어떻게 간직하고 있는 것인가. 그저 당연히 있는 것으로 생각하는 것들도 시간에 따라, 여건에 따라 다 흩어지고 사라진다. 그것들을 잃고 새벽닭이 울 때마다 보고 싶은 마음으로 그리워하는 시간이 오기 전에 따뜻이 보듬어 안아야 되겠다. 시간도 사람도.

세 시에서 다섯 시 사이

몇 달 전 베트남에 있는 지인들의 SNS가 한 사람의 이야기로 떠들썩했다. 낯익은 얼굴의 이 사람은 한때 우리들에게 말할 수 없는 기쁨과 환희를 안겨 주었다. 하지만 연극은 끝났고 무대의 조명도 모두 꺼졌다. 이후에도 그가 주연의 기회를 전혀 못 가진 것은 아니었지만 흥행은 신통치 않았다. 결국 그는 관객들의 기억 속에 잊힌 늙은 배우로 존재감이 사라져 갔다. 그의 퇴장은 쓸쓸함마저 없는 자연스러운 소멸로 여겨졌다. 그리고 그 자리에 다른 주연들이 들어서고 새로운 연극들이 끊임없이 계속되었다. 이런 일이 뭐 그리 특별할 것은 없었다. 세상인심이, 궁극적으로는 삶이 바로 그런 것이므로.

그런 그가 부활했다. 퇴물로 여겨져 변방으로 쓸쓸히 사라졌던 그 사람이 바로 그 변방의 서툰 팀을 이끌고 기적을 이뤄냈다. 기대조차 사치라 여겼던 일이 현실이 되었고 우리는 한때 우리의 핏속까지 환희에 넘치게 해줬던 그를 다시 기억해 냈다. 박항서 감독의 이야기이다.

2002년 월드컵, 온 국민이 '대한민국'을 외치며 하나가 되었던 그 시절은 우리 국민에게 일생에 다시없을 흥분과 단결심을 선물해 주었다. 지금도 경기 하나하나가, 온 길거리에 응원의 리듬에 맞추어 울리던 자동차의 경적 소리들이 생생히 기억이 난다. 물론 경기장에서 뛴 사람들은 선수들이었다. 하지만 그들을 담금질해서 강하고 단단한 용사로 만든 사람들은 지도자들이었다. 그때 히딩크 감독과 박항서 코치의 인기는 덩달아 치솟았고 그들은 모두 국민영웅이 되었다.

이후 박 감독은 당연한 수순처럼 히딩크가 떠난 국가대표 축구팀 감독직을 맡기도 했다. 하지만 기적 같은 결과를 마치 우리의 평균적인 실력인 양 착각하고 한껏 높아진 국민들의 눈높이를 맞추기엔 역부족이었다. 온갖 비난이 쇄도했고 그는 어디로 갔는지 관심조차 받지 못하는 사람이 되었다. 그런데 이번 동아시아 대회에서 그가 기적을 이뤄냈다. 누구의 관심도 받지 못했던 베트남 팀의 감독으로 그들을 준우승이라는 값진 결과의 주인공으로 만든 것이다. 뉴스에서 본 결승 장면은 그야말로 극적이었다. 축구 경기 시간에 하얗게 눈이 내리고 있었다. 아마도 경기에 참가한 선수와 응원단 대부분이 태어나서 처음으로 눈을 맞아 보지 않았을까. 내리는 눈 속에서 베트남 응원단의 붉은 물결이 넘실대고 있었고 선수들은 투지로 불탔다. 그 위로 온 거리를 붉은 물결로 뒤덮으며 '우리는 아직도 배가 고프다' 고 외쳤던 2002년의 바로 우리들의 모습이 묘하게 겹쳐졌다.

베트남 젊은 축구팀의 승리는 곧 박 감독의 승리가 되었고 언론들은 한동안 인간승리의 스토리를 각색해서 쏟아내기 시작했다. 신드롬이 얼마나 강력했는지 급기야 한 방송에서 박 감독에 관한 가짜 뉴스를 가려내는 취재, 보도를 하는 웃지 못할 일까지 벌어졌다. 이런 일련의 일들을 보며 사람들이 얼마나 영웅에 목말라 있는지 짐작되고도 남음이 있었다.

한때 한국 축구 국가대표팀 감독이라는 빛나는 자리

에서 보잘것없어 보이는 베트남의 23세 이하 대표팀으로 갈 때는 그저 퇴물 감독의 말로인 양 아무도 그를 눈여겨보지 않았다. 하지만 그는 끝날 때까지는 절대 끝난 것이 아니라는 사실을 보란 듯이 증명해 냈다. 베트남에 살고 있는 친구는 박항서 감독 한 사람의 활약으로 베트남에서 한국 사람들 보는 눈이 달라졌다고 했다. 월남전의 애증이 남아있는 베트남에서 편견과 싸워서 이뤄낸 이 기적은 한 사람만의 승리가 아니었다. 한때의 영광의 자리에서 내려와서 현실의 남루를 견디고 있는 이 땅의 모든 소시민들을 대신해 세상을 향해 멋진 한 방을 날려준 그에게 나는 맘껏 축하하고 박수를 쳐 주고 싶다.

TV를 끄면서 문득 도종환의 시 한 편을 읊조려 본다. "이미 나는 중심의 시간에서 멀어져 있지만 어두워지기 전까지 아직 몇 시간이 남아 있다는 것이 고맙고, 해가 다 저물기 전 구름을 물들이는 찬란한 노을과 황홀을 한 번은 허락하시리라는 생각만으로도 기쁘다" 내 앞에 놓인 저물어가는 시간들에 나는 어떤 '노을과 황홀'로 세상을 적실 수 있으려나.

행복의 역설

우리는 수많은 틀에 갇혀 산다. 어느 보도를 보니 한
국인을 불행하게 만드는 가장 큰 요소는 과도한 사회
적 비교와 틀 속에 들어가지 못하는 소외감이라 했다.
공감이 가는 말이다. 우리를 가두는 가장 큰 틀은 나이
다. 10대, 20대, 30대… 우리는 각각의 나이에 맞는 성
공의 전형적인 기준을 가지고 산다. 다투던 사람들이
불리할 때면 어김없이 "너 나이 몇 살이냐?" 하고 묻는
것도 우리가 나이에 대해 가진 완고한 틀을 보여주는
예이다.

외모에서도 이 틀은 존재한다. 한국인에게 이상적인
남성의 키를 물으면 180cm 이상, 여성의 몸무게는
45~50kg이라고 대답한단다. 보고서의 내용이 사실일

까 궁금해 학생들에게 물으니 아니나 다를까 똑같은 대답이 돌아왔다. 하지만 실제로 주변을 살펴보면 이런 기준에 완벽히 들어맞는 사람은 별로 없다. 그래서 많은 사람들이 사회적 기준에 맞지 않는 자신의 삶에 불만족을 느끼고 행복에서 멀어지는 경향이 있다.

시각 장애인 독서 수업에서 만난 한 할머니는 이런 틀에 갇힌 행복이 가짜라고 내게 일깨워주셨다. 할머니는 장래가 촉망되던 똑똑한 아들에게 닥친, 실수로 인한 불행으로 충격을 받아 갑작스럽게 시각 이상을 느꼈다 한다. 처음엔 '너무 많이 울어서 그런가 보다.' 하고 생각했지만 증세는 더욱 심해졌고 뒤늦게 찾은 병원에서 황반변성이라는 진단을 받았다. 치료는 불가능하고 2년 이내로 시각을 완전히 잃게 된다는 말이 청천벽력으로 다가왔다. 하지만 곧 생각을 바꾸어 보이는 동안 할 수 있는 가장 가치 있는 일을 하기로 마음먹고 일절 외출도 삼간 채 성경필사와 찬송 외우기에 매달렸다. 이제 시력은 거의 잃었지만 할머니는 눈이 보이지 않아도 성경과 찬송은 모두 머릿속에 있다 하시며 여전히 마음의 눈으로 잘 보고 행복해하신다.

백내상 수술 후 치료를 잘 못 받아 시각을 완전히 잃

게 된 한 수강생의 이야기도 마음에 남는다. 보지 못하게 되었을 때 가장 힘들었던 점은 가족의 생계 걱정이었는데 정작 모든 것을 포기하고 나니 눈으로 볼 때는 느끼지 못했던 행복이 마음으로 보이더라는 이야기는 깊다.

가질 때 행복하다 여겼는데 오히려 잃고 나서 더 행복하더라는 이야기는 행복의 역설이다. 아니 이것은 행복의 정설이며, 실은 우리의 오해가 깨지는 것일지도 모른다. 우리는 그동안 행복의 본질을 오해하고 있었던 것이다. 어느 책에서 읽은 이야기가 떠오른다. 남편은 아내를 위해 높은 산에 오르고 깊은 바다를 헤엄치며 근사한 모습을 보이려 애썼다. 그리고 모든 것을 멋지게 해낸 뒤 의기양양한 모습으로 집으로 돌아왔을 때 아내는 떠나고 없었다. 남편이 곁에 없었기 때문에.

나는 본질을 외면한 채 사회적 성공만을 위해 열심히 바다를 헤엄치고 미친 듯이 산을 오르고 있는 이 남편처럼 살고 있는 것은 아닐까, 정작 행복은 그곳에 있지 않다는 사실도 알지 못하고 그 모든 것을 이루면 행복해지리라는 헛된 생각만을 품고 살고 있지는 않은가?

세월호 사태 직후 "심술궂은 딸 그대로, 말 안 듣는

아들 그 모습대로 돌아만 와 달라"는 기도문을 읽고 가슴을 쳤던 적이 있다. 자식이란 성적이 아니라, 좋은 성품이 아니라 존재 그 자체로 소중한 것이 아니던가. 무엇을 이루어서, 내 삶에서 멋진 것을 성취해서가 아니라 삶의 존재 자체가 행복이므로 우리는 그것을 선택하고 온몸으로 누리기만 하면 되는 것은 아닐지.

아침의 공기가 신선하다. 행복하다. 지금부터 더 많은 행복을 선택하며 살기로 다짐해 본다.

모든

사랑한다고 더 자주 말하지 못한다면,
따뜻한 온기를 기억할 만큼 자주 안아주지 못한다면
어머니의 남은 시간이 끝난 뒤
닥쳐올 후회를 어떻게 감당할 수 있을까.
작아진 어머니는 나의 한 품에 쏙 들어왔다.

사랑하고 사랑하고 또 사랑해요

친정에 들어선 것은 밤 12시가 넘은 늦은 시간이었다. 이주민들을 인솔해 여름 캠프를 간 곳이 마침 친정 근처였다. 종일 활동은 같이하되 잠은 친정에서 자야 되겠다고 생각한 것은 지난번 보았던 어머니의 등이 너무 작고 쓸쓸해 보였던 탓이었다. 밤에 가겠다는 말에 깊이 잠들지 못하고 기다리던 어머니는 인기척에 퍼뜩 잠을 깨셨다.

새벽 1시 가까운 시간에 찾아간 딸이 배고플까 봐 일어나 앉으신 어머니 모습에 먹먹하고 애틋하였다. 여섯이나 되는 자식 먹이고 입히며 키운 것이 엄마 인생의 거의 전부이셨다. 혹시 배고플라, 제때 밥 못 먹일라 가슴 졸인 엄마 인생에서 밥은 하늘처럼 귀한 것이었다.

부산스레 샤워를 끝내고 어머니의 곁에 자리를 펴고 누웠다. 이렇게 단둘이 어머니와 누워보는 것이 얼마만인지 생각조차 안 날 만큼 멀었다. 중학교 1학년 시절에 엄마를 졸라 언니가 학교 다니는 마산으로 전학을 간 당돌했던 딸은 바쁘게 평생을 종종거리며 살았다. 나는 나의 바쁨에 허덕이며 등 뒤에서 눈물 반, 웃음 반으로 지켜보고 계시던 엄마를 제대로 바라보지 못했다.

어머니의 손을 잡아본다. 나는 독서 수업 시간에 『손 큰 할머니의 만두 만들기』 책을 아이들에게 읽어주다가 넉넉하고 푸짐한 음식으로 동물들 다 챙기고 나누는 손 큰 할머니가 꼭 우리 어머니 같다는 생각을 했다. 그 손으로 우리를 키우고, 남편 뒷바라지하고, 많은 짐승과 꽃들도 길러내셨다.

어린 시절 크고 두툼한 어머니의 손을 잡으면 세상에 두려울 것이 없었다. 하지만 지금은 작고 야위어 바스라질 것 같다. 투실하던 두께의 세월이 다 사라져가고 이제 어머니에게 남은 시간은 가죽만 남은 손보다 더 얄팍하다. 어머니의 시간이 얼마 남지 않았다는 생각에 도대체 그동안 무얼 하고 살았나 싶어 가시가 박힌 손가락처럼 마음이 아팠다.

언젠가 두 아이를 바라볼 때 내 마음 속의 뜨거운 무엇이 아이들을 향해 흘러가는 것 같았다. 그것은 말로 할 수 없는, 제 새끼를 향한 어미의 본능적 사랑이었다. 어머니의 손을 잡는 순간, 나도 우리 어머니께 그런 귀한 자식이었음을, 그렇게 사랑받는 존재라는 자각을 몸과 마음이 마른 논에 들어오는 물처럼 울컥울컥 받아들였다.

첫아이를 낳던 순간 나의 생명이 아이를 통해 함께 존재하고 숨 쉬리라 생각을 했다. 우리 어머니도 나, 우리 여섯 남매를 통해 그러하셨으리라. 생명도, 본능의 사랑도 그렇게 이어지는 것이다.

사랑한다고 더 자주 말하지 못한다면, 따뜻한 온기를 기억할 만큼 자주 안아주지 못한다면 어머니의 남은 시간이 끝난 뒤 닥쳐올 후회를 어떻게 감당할 수 있을까. 작아진 어머니는 나의 한 품에 쏙 들어왔다. 그렇게 안고 나직이 말해본다. "엄마, 울 엄마 사랑해요. 사랑하고 사랑하고 또 사랑해요."

아홉 남매 행복 일기

7남 2녀 중 아홉 번째. 내 남편은 구 남매의 막내이다. 구 남매, 이 말 속에는 수많은 이야기가 깃들어 있다. 가령 많은 동생을 위해 군대에서 받은 얼마 안 되는 월급마저 집으로 부쳐 동생들 학용품값으로 쓰게 한 큰형님의 사연. 연로하신 부모님의 형편에 달랑 어머님의 금비녀 하나 받고 시집온 막내며느리인 나의 설움도 있다. 그러나 뭐니 뭐니 해도 가난한 말단 역무원의 월급으로 아홉 아이를 키우신 시어머님의 헌신과 노고야말로 가장 극적인 역사라 하겠다. 시어머님의 한 달은 빚으로 시작해 빚으로 막을 내렸다 한다. 자식들 육성회비, 학용품값이 필요할 때마다 이웃집에 돈을 꾸어야 했고, 아버님의 월급날이 되면 한 달간 꾼

돈과 외상값 갚고 나면 한 푼도 안 남더라는 이야기는 생전 어머님이 가끔 무용담처럼 들려주던 것이다. 내가 큰아이를 가져 임신 4개월이 되었을 때 시어머님은 돌아가셨다. 어머님이라는 구심점을 잃은 가족은 각기 작은 규모의 가족으로 분화되었다.

혼히 가족이 많으면 다복하다 생각한다. 하지만 가난한 집안은 때로는 서로를 위해 희생을 요구해야 했고 더러는 뜻하지 않게 소외감을 맛보게도 된다. 무엇보다 각자 결혼을 하고 가정을 갖게 되면 여기에 충실하며 살 수밖에 없다. 우리 시댁 역시 결혼 후에는 1년에 한두 번 얼굴 보기도 힘든 가족이 생겨났다. 자주 만나지 못하다 보니 소원해지고 나중에는 이웃보다 못한 관계가 되기도 한다. 조카가 아이를 낳아도 이름도 얼굴도 모르는 일도 생겨나기 시작했다. '이래선 안 되겠다.' 하는 생각에 꾀를 냈다.

아무리 격조해졌다 해도 작은 구심점이라도 있으면 급속한 결집력을 가질 수 있는 것이 가족 아닌가. 발달한 기술과 통신의 힘을 빌려 스마트폰에 가족밴드 '아홉 남매 행복 일기'를 개설한 것이다. 개설 후 일일이 초대 메시지를 보내고 응답이 없는 가족에게는 전화로 독려했다. 그리고 적극적으로 소식을 공유하며 댓글을 달았다. 실시간으로 서로의 소식을 알아보게 된 가족들의 반응은 뜨거웠다. 삼촌, 사촌, 오촌, 육촌끼리 소식을 주고받느라 나의 전화기는 밤낮없이 삑삑댄다. 이 첨단의 기술로 우리는 오랫동안 잃어버렸던 사촌과 오촌, 육촌을 되찾은 기쁨을 한껏 만끽하고 있다.

조카가 밴드 개설해 줘서 고맙다고 "막내 숙모 최고"라고 치켜세워 주어 한껏 내 주가가 올랐다. 밴드 멤버가 스물일곱 명을 돌파한 오늘 아침엔 남편이 가족 화목을 위해 큰 공을 세웠다며 죽은 뒤 무덤에 비석 하나 세워야 되겠다고 너스레를 떨었다. 성품이 다정한 남편은 가족들과 소원해진 것이 못내 아쉬웠는데 이런 소통의 장이 마련되니 누구보다 열심이다. 시부모님이 살아계셨다면 얼마나 흐뭇해했을까 하는 생각이 들어 오랜만에 효도한 마음이다.

누구나 소통이 필요하다. 더구나 그 대상이 가족 아닌가. 아마도 친척이라는 말에 그다지 익숙하지 않은 아이들에게는 더욱 절실하지 않을까?

'아홉 남매 행복 일기' 밴드에 나날이 새롭고 기쁜 소식이 많이 올라왔으면 좋겠다. 더러 아프고 슬픈 일도 있을 것이다. 가족끼리 기쁜 소식에 함께 기뻐하고 가슴 아픈 일은 함께 위로하고 격려하며 산다면 세상사 행복은 몇 배쯤 더 커지겠다.

언니를 위하여

돌아가신 친정아버지의 직업은 사진사였다. 엄마와 결혼 당시는 사진사가 지금의 컴퓨터 프로그래머만큼이나 첨단의 직업이었던 모양이다. 하지만 세상은 빠르게 변해갔다. 개인 카메라가 보급되면서 사진사라는 아버지의 직업은 속절없이 낡고 말았다.

그러다 보니 여섯 남매의 맏이인 언니는 많은 희생을 강요당해야 했다. 언니는 초등학교 시절부터 그림 대회에 나갔다 하면 상을 휩쓸었다. 게다가 시골 중학교 출신으로 마산 제일여고 학생회 간부까지 할 만큼 통솔력이 있었다. 하지만 문제는 재주가 아니라 형편이었다. 동생들을 위해 언니는 대학을 포기했고 열아홉 살의 어린 나이부터 직장 생활을 하며 어린 나를 책임

저야 했다.

언니와 함께 자취를 하던 때의 일이다. 마침 월급날이었는데 언니가 퇴근길에 강도를 만났다. 칼을 들이대며 돈 내놓으라는 그 강도에게 언니는 겁도 없이 '오늘 월급날이어서 돈은 있는데 이 돈 다 주고 나면 동생과 한 달 동안 굶어야 한다'고 매달렸던 모양이다. 결국 강도는 월급 중 5만 원만 내놓으라고 했다 한다. 그 돈을 빼앗긴 언니는 두려움보다 한 달을 어떻게 살지 더 걱정했다. 이런 사정도 모르고 나는 샴푸랑 치약 좀 좋은 것 쓰자며 철없이 조르곤 했다.

형부와 9년여의 열렬한 연애 끝에 결혼을 한 언니의 결혼식에서 축시를 읽으며 나는 그 시간들이 생각나서, 열아홉 살 때의 어렸던 언니에게 미안해서 참 서럽게 많이 울었다.

결혼 후에도 한동안 언니의 형편은 나아지지 않았다. 재주 많고 마음 넓은 언니가 왜 그렇게 어렵고 힘들게 사는지 언니 집에 갈 때마다 마음이 편치 않았다. 언니가 도시 인근의 야산에서 컨테이너를 놓고 가축 키우며 살던 때, 빨래를 개는데 뱀이 빨래 속에 똬리를 틀고 있더라는 말을 들은 날은 가슴이 무너졌다. 수도도 없고 난방도 안 되는 집에서 겨울 내내 감기를 달고 살던 어린 조카들을 보는 마음은 또 어땠는지.

하지만 언니는 가난에 주눅 들지 않았다. 언제나 씩씩하게 일하고 큰 소리로 웃었다. 창고 같은 컨테이너도 언니의 손길이 가면 미술관처럼 변했다. 봄이면 아이들과 진달래 화전을 부쳤고 두릅을 삶아서 맛난 밥을 차려 우리를 불렀다. 우리의 기쁜 일을 함께 즐거워해 주었고 슬플 때는 우리보다 먼저 울어주었다. 아이들에게는 컨테이너 박스의 삶이 주는 남루함이 아니라 그 속에서 살아가는 낭만을 가르쳤다. 새 소리에 감동하고 별을 보며 아이들과 함께 현실을 견뎠다. 그랬기에 우리 형제들이 문제가 생겼을 때 늘 마음으로 의지할 수 있는 사람이 언니였다.

이제 언니는 그 솜씨와 넉넉한 인심으로 창원공단에서 식당을 운영하고 있다. 공단 회사 식당 맛집으로 불리는 언니의 식당은 날로 번창하여 네 개까지 늘었다. 아직까지 새벽 4시 반이면 일어나 시장으로 향하는 고단한 생활이지만, 식당을 찾아오는 손님을 귀하게 여기며 맛난 밥으로 배고픈 세상을 달래고 있다.

나는 잠시 틈이 나면 자주 언니의 식당에 들른다. 그

곳에 가면 넉넉한 언니의 밥에 배가 부르고, 이제 정말 좀 살 만해진 언니의 형편에 마음이 부르다. 밥값은 언제나 이 한마디.

"언니야, 사랑해."

엄마의 밥

모기같이 기어들어 가는 목소리로 엄마가 전화를 하셨다. 자식들에게 폐가 될까 봐 전전긍긍하며 아프단 말도 못 하고 혼자서 고생하다 도저히 못 견뎌 겨우 전화를 한 모양이었다.

병원에 좀 데려가 달라고 하시는 말을 듣고 부랴부랴 남편이 달려갔다. 차에 앉지도 못하고 누운 채로 근근이 병원에 다녀온 뒤 집으로 오신 엄마를 보는 순간 왈칵 눈물이 났다. 엄마가 그렇게 작아 보인 것은 처음이다. 옛날 몸집 좋고 일 잘하던 그 엄마는 어디도 없었다. 늙고 작아져 곧 바스러질 것 같았다. 아프면 진작 전화를 할 일이지 왜 혼자 고생을 했냐고 마음에도 없이 역정을 냈다. 폐 끼치기 싫어서 그랬다는 엄마의 말이 아팠다.

 자식들은 자라면서 수없이 많은 폐를 부모님께 끼치고 나서야 겨우 사람 노릇 하며 살아가게 된다. 하지만 그 시간 동안 부모님께 받는 것을 단 한 번도 폐 끼친다고 생각하지 않았다. 아니, 못했다. 부모는 당연히 자식을 돌봐야 하고 우리는 그것을 당연한 듯 받기만 했다.

 시간이 지나 부모는 돌봄을 받고 자식이 돌보는 자리에 서 있다. 바뀐 것은 자리뿐인 것 같은데, 사람의 입장과 생각은 천지 차이다. 엄마께 많이 받았으니 이제 좀 갚아야 한다고 말로는 그렇게 하지만, 엄마는 자식에게 뭐 하나 받는 것을 대단히 미안하고 고마운 일로 생각하고, 나 또한 대단한 일인 양 생색내기 일쑤이다.

 웬만큼 치료받으면 나으려나 했는데 엄마는 뜻밖에 다른 병이 발견되어 한동안 입원을 해야 했다. 시골 생활 하시다 병실에서 갑갑하게 보내는 하루하루도 힘겨웠겠지만 시골로 돌아가고 싶은 엄마의 본마음은 다른 데 있었다.

 집에서 키우는 물고기 밥을 주지 못하는 일이 큰 부담이었나 보다. 내내 물고기 밥 타령을 하셨다. 옆집

아주머니께 부탁하면 된다고 말씀드려도 엄마의 걱정은 끝이 없었다.

하긴 엄마의 밥 걱정이 하루 이틀 일은 아니다. 내 기억 속의 엄마는 어디 하루라도 집을 비우고 떠날 때마다 늘 밥 걱정을 하셨다. 여섯 남매 밥 때문에 어디 하루 집 비우고 떠나기도 힘들었을 것이다. 키우는 개, 돼지, 닭, 염소 이것들 밥 굶길까 봐 하룻밤 맘 편히 주무시지도 못했다. 심지어 화단의 꽃들 목마를까 봐 집을 떠나지 못한 엄마셨다.

살아있는 모든 생명들, 그것이 하찮은 것이든 대단한 것이든 가리지 않고 두루 챙기며 보살피는 엄마를 보며 나는 생각한다. 저 끈질긴 모성, 생명에의 원초적 사랑. 아, 저 힘이 우리를 키우고 오늘도 존재하게 하는 힘이었구나. 그 사랑이 바로 엄마이구나. 좀 더 쉬다 내려가시라는 내 말은 아랑곳하지 않고 퇴원하자마자 엄마는 곧바로 시골로 내려가셨다. 작아진 엄마의 뒷모습을 보며 생각한다. 나이 오십을 한참 넘은 나는 아직 엄마의 밥, 그 사랑의 밥이 필요한 어린아이 아닌가.

유일한 사랑

다시 가을이 왔다. 파아란 가을 하늘 아래 만장을 달고 만가를 울리며 아버지가 꽃상여를 타고 저세상으로 떠난 마지막 날처럼 또 그렇게 아름답고 슬픈 가을이 왔다.

아버지는 쉰네 살, 이른 나이에 위암으로 세상을 떠나셨다. 한 해 농사 갈무리 다 해놓았지만 암의 고통으로 아버지는 그해 농사지은 햅쌀로 지은 밥 한 술 드시지 못했다. 암 말기로 죽어가던 위는 단 한 술의 밥도 받아들이지 않았고 날로 야위어가는 아버지의 마지막을 지키며 나는 죽음과 같은 고통에 시달렸다.

그때 엄마의 나이 갓 쉰, 지금의 나보다 더 젊은 나이였다. 하지만 그때 내 눈에 엄마는 아직 젊은 여자가 아니라 그저 엄마였다. 욕망과 기쁨을 잊고 오직 자식을 위해 살아도 되는 존재, 그리고 아직 미혼인 네 자식의 교육과 결혼, 생계 모든 일들을 다 책임질 수 있는 힘을 지니고 있다고 생각했다. 그래서 남편을 잃은 엄마의 상실감이나 비통함보다 아버지를 잃은 나의 슬픔이 더 크다고 생각했다. 우리 남매들은 모두 각자의 아픔에 겨워 허덕이기만 했지 더 많이 고통스러웠을 엄마의 아픔에 눈을 돌리지 못했다. 가끔은 우리를 달래고 힘을 내서 새롭게 나가야 할 엄마가 맥없이 손 놓고 울고 있는 것이 보기 싫을 때도 있었다. 그때 나는 엄마는 그래선 안 되는 존재라고 생각했다. 엄만데 그러면 안 되는 것이라고.

난 아버지가 돌아가신 이듬해 결혼을 했다. 갑작스러운 아버지의 죽음과 생각보다 일렀던 나의 결혼에 엄마는 말이 더 없어졌고 내 결혼식 사진 속 엄마 모습은 창백하고 무표정했다. 결혼을 하고도 여전히 도움이 필요했던 나는 엄마를 집으로 불렀다. 엄마는 우리 집으로 오셔서 내 아이 둘을 돌보며 한동안 생활하셨다. 늘 일에 시달리고 시간에 쫓기던 나는 나를 돕는 엄마를 마치 부리는 사람처럼 대하는 때가 많았고 엄마의 속을 참 많이도 상하게 했다.

지난 추석에 엄마는 우리들에게 중대 선언을 하셨다. "이제 내년이면 아버지 돌아가신 지 30년, 그동안 젊은 나이에 죽은 것이 원통하고 아쉬워 제삿밥을 정성 들여 많이도 차렸다. 이만하면 망자도 저승길에 그리 배고프거나 서운하지 않을 것이니 이제 제사는 밥 한 그릇 떠놓고 간소하게 차리겠다."는 것이 요지였다. 그 말씀이 내겐 '이젠 나 혼자 조용히 네 아버지 만나고 싶다.'는 말로 들렸다. 내년이면 엄마 나이 팔순이다. 쉰 살 나이에 혼자된 고운 새댁 같던 엄마는 주름진 얼굴의 삶에 지친 모습으로 변했다. 눈 깜짝할 사이처럼 짧았던 시간이었는데 벌써 30년이 지났다.

지금의 나보다 더 젊었던 엄마가 치렀을 남편의 장례, 스물여덟 번을 차린 그 제사를 생각해 본다. 지금 내게서 남편이 사라진다면 그 고통이 오죽할 것인가. 그런데 아버지의 죽음에 대해 엄마니까 당연히 견딜수 있는 것이라 생각했다니. 나는 29년 전의 그 가을로 돌아가서 젊은 엄마를 꼭 안아주고 싶었다.

29년의 시간 동안 너무 많은 것들이 달라지고 바뀌었다. 그렇게 바뀐 것들 중에서 가장 많이 달라진 것은 아마도 엄마 자신일 것이다. 엄마는 이제 늙어버린 자신보다 25년은 젊은 사진 속 아버지에게 무슨 말을 건네고 싶을까?

추석 지나고 한 달, 또 아버지의 제사가 다가온다. 아직 죽은 지 30년이 안 된 아버지의 망령은 올해도 여전히 잔칫상만큼 풍성하고 넉넉한 저녁 한 끼에 마음 흡족하게 돌아가실 것이다.

시간은 속절없이도 흐르고 우리들은 내게 주어진 한 시대, 나의 시간들을 숙제하듯 그 몫만큼 살아내는 것으로 생의 의무를 다한다. 우리 엄마의 후반기는 일찍 죽은 남편에 대한 망부곡과 그를 향한 절절한 그리움의 시간이었을 것이다. 엄마가 죽어서 저승에 가서 너무 젊은 아버지를 못 알아보면 어떻게 할지 농담할 정도로 이제는 슬픔이 그리움으로 담담히 잦아든 시간이다. 하지만 그 인물 훤하던 아버지는 여전히 소녀 같은 우리 엄마의 유일한 사랑으로 마음속에 살아계시다.

"할머니, 저 잘했죠?"

"눈아, 겁내지 마라, 손이 다 한다."

"놓아버리는 것이 더 크게 얻는 것이다."

어렵고 힘든 일이 생길 때, 일이 겁이 나서 지레 뒷걸음질쳐질 때 마음속에 떠오르는 할머니의 목소리이다. 이상하게 이 말을 생각하면 큰 문제도 별것 아닌 것처럼 생각이 되고 뭐든 못할 것이 없다는 생각이 든다. 그래서 용기 있게 도전할 힘을 얻게 된다.

늘 유쾌하고 지혜가 넘쳤던 외할머니는 바지런하셨다. 어쩌다 외손녀딸의 집에 방문할라치면 제발 그냥 계시라 해도 쉬는 일이 없었다. 걸레로 방을 훔치거나 반찬거리 멸치를 손질하시고 외손녀딸보다 먼저 일어나서 식사 준비를 하곤 하셨다. 제발 그러지 말고 가만히 계시라고 해도 갑갑해서 그냥 못 계신다며 아파트의 계단까지 혼자 쓸었다. 일을 앞에 두고 망설이는 법이 없었다. 할머니는 그 부지런함으로 많은 자식들 억척스레 키워내셨고 한 마을에 사는 시앗동서와도 마치 친자매처럼 사이좋게 지내셨다.

결혼 초 나는 과로로 심하게 앓았던 적이 있다. 손끝 하나 움직이기 힘들 만큼의 무기력증에 시달리며 겨우 병원 다녀오고 하루 종일 누워 지냈던 그 시간에도 나의 곁을 지키며 말없이 간호해 준 분은 바로 외할머니셨다. 절망으로 모든 것을 포기하고 싶던 때 말없이 이마를 짚어주시던 할머니의 야윈 손이 얼마나 따뜻했는지 모른다. 자신을 위해 움켜쥐기보다는 늘 기쁘게 나누신 덕으로 주변에 사람이 넘치곤 했다. 언제나 상황을 정확히 꿰뚫고 문제에 현명하게 대처하셨다.

오래전 학교에서 사용하던 방과 후 교실을 비워야 했다. 문제는 책이었다. 아이들에게 좋은 책 읽히려는 욕심에 시나브로 사 모으다 보니 어느새 책이 오천여 권에 가깝게 쌓여버렸다. 그 많은 책들을 어디로 어떻게 옮길 것인가, 걱정에 이사 날짜가 다가오는 것이 공포스럽기까지 했다. 사람은 각자 유달리 욕심내는 것들이 있게 마련이다. 나의 경우는 그것이 책이다. 낡고 찢어진 책도 그것을 샀을 때의 설렘, 그것이 준 기쁨을 생각하면 나는 책을 쉽게 폐지통으로 넣지 못한다. 그래서 쌓아두고 보는 것만으로도 배부르다며 내 보물로 간직했다. 하지만 이사는 문제가 달랐다. 책들이 다 옮겨 가기에는 마땅한 장소도 없었고 이동도 문제였다. 고민하다가 문득 할머니의 말을 떠올렸다. 움켜쥐고 있기보다 손에서 놓기로, 나누기로 작정했다. 겁내는 눈을 다독이며 손이 용기를 내었다.

꼭 필요한 책만 골라낸 다음 평소에 책을 필요로 하는 곳에 나누어 주었다. 먼저 우리 지역의 낙후한 곳을 찾아다니며 책 나누기 운동을 하는 경남교육포럼의 '숲속 책나라 북버스'에 가장 많은 책을 기증했다. 그리고 언젠가 강의 갔다가 책 사정이 너무 열악해 '다음에 책 좀 나누어 드릴게요.' 하고 약속했던 한 지역 아동센터의 복지사를 불러서 원하는 만큼 가져가게 했고 아름다운 가게에도 필요한 물품들을 기증했다. 그러고도 남은 책은 폐지 할머니에게 가져가시게 했더니 고맙다며 연신 고개를 조아리신다.

모든 것이 치워지고 텅 빈 교실엔 쓰레기들과 아이들

과 함께 보냈던 시간의 추억이 남아 뒹굴고 있다. 서운하고 허전하기보다는 마음이 깃털처럼 가볍다. 내 책은 없어졌지만 우리 모두의 책은 많아졌고 더 필요한 아이들이 읽게 되었으니 좋은 일이다. 이제 흩어져 간 그 책들은 다시 세상을 여행하며 많은 아이들의 마음에 흔적을 남길 것이다. 나를 위로하던 할머니의 야윈 손처럼 아이들의 마음을 위로할 것이다. 그것이면 되었다.

겁내는 눈을 대신해서 고생한 팔이 아팠지만 더 많은 것을 얻었다. 생활의 철학자이셨던 할머니는 돌아가셔서도 이렇게 나를 가르치고 계신다. 다시 어린아이가 되어 할머니께 응석부리듯 여쭙고 싶다.

"할머니, 저 잘했죠?"

할머니의 너른 품

추석을 맞아 고향으로 간 우리 네 자매는 아주 특별한 추억 여행을 계획했다. 옛날 외갓집 동네에 한번 가보기로 한 것이다. 옛 친정을 찾아간다는 말에 엄마가 빠질 수는 없었다. 여든의 엄마와 이제 모두 50줄을 넘어선 딸들은 40년도 넘은 그 시절의 동네로 향했다. 외할머니 돌아가시기도 전에 주인이 바뀐 외갓집은 이미 사라진 지 오래였다. 셀 수 없는 수많은 추억이 서린 그 낡은 슬레이트집은 밭으로 변했지만 밭을 둘러싼 돌담은 옛날 외갓집을 지키던 그대로 있었다.

할머니 집은 없어졌지만 동네는 거의 변하지 않았다. 거제에 난개발의 광풍이 불고 땅값이 천정부지로 치솟았다는데 그 동네만은 마치 잠자는 아기 깨울세라 발

소리 죽이고 다니는 엄마처럼 세월이 살금살금 지나갔
는지 변함이 없었다. 하나도 변치 않았다는 말이 딱 들
어맞았다. 돌담 곁에서 우리들은 모두 각자의 기억 속
에 아직 생생한 추억을 소환했고 한동안 추억담이 오
고갔다.

　엄마가 큰딸인 데다 우리 남매가 여섯이나 되다 보니
육아에 외할머니의 손을 빌리곤 하셨다. 하루가 짧을
정도로 종종걸음을 치고 다녀도 엄마의 손은 늘 부족
했고 그때마다 바지런한 할머니가 엄마의 우렁 각시
역할을 하셨다. 할머니는 우리 집에 오시면 밤새 구멍
난 양말을 기우셨다. 질 나쁜 나일론 양말은 한창 자라
는 아이들의 활동량을 감당하기엔 태부족이어서 집에
는 구멍 안 난 양말을 찾기가 어려울 정도였다. 할머니
는 엄마와 머리를 맞대고 앉아 동그란 알전구를 속에
끼우고 도저히 못 신게 해진 양말 조각을 잘게 잘라 신
을 만한 것들을 기우셨다. 크고 작은 구멍들은 감쪽같
이 사라졌지만 새 양말을 신고 싶었던 우리의 마음까
지 메우진 못해서 할머니가 오시면 좋기도 하고 싫기
도 했다.

　외할머니는 당차고 지혜로우셨지만 여자로서는 불

행한 분이었다. 인물 좋은 뱃사람이었던 외할아버지는 가시는 곳마다 염문을 뿌렸고 급기야 추자도의 해녀를 데려와 소실로 삼으셨다. 아들이 없다는 핑계로 하루 아침에 남편을 다른 여자와 나누어야 했던 할머니는 어떤 마음이셨을까. 그 작은할머니에게서 난 막내이모는 나와 동갑이었는데 나는 한 번도 이모라고 부르지 않았다. 그것은 우리 할머니를 마음 아프게 한 작은할머니에 대한 나의 소심한 복수였다. 생각해 보면 이모도, 작은할머니도 각자 고통과 상처가 있었을 텐데 어린 내게는 그들의 상처는 보이지 않았다. 할머니는 그런 상황에서 마치 철 안 든 여동생을 대하듯 작은댁을 대했는데 그걸 당연시하는 할아버지가 너무 미워서 암에 걸리셨을 때 할머니 마음 아프게 한 벌이라고 생각했다.

그런데도 어디서 그런 지혜와 재치가 나오나 싶게 할머니는 유쾌한 달변가이셨다. 언젠가 라디오 프로그램인 '여성시대'에 어르신들의 재치가 담긴 말씀을 이야기하는 코너가 있었다. 나는 지체 없이 전화를 했다. 힘든 일 앞두고 망설이고 있던 나에게

"눈아, 겁내지 마라. 손이 다 한다."

하고 들려 주셨던 말이 생각났기 때문이다.

일이 아무리 힘들어 보여도 겁먹지 않고 하다 보면 어느새 다 이뤄져 있다는 뜻이었는데 짧은 말 속에 세상 이치를 그렇게 쉽게 담아내는 지혜에 나는 무릎을 쳤다. 그 방송으로 백화점 상품권을 받은 나는 자매들을 불러 모아 외할머니가 한턱 내시는 것이라며 맛있는 밥을 샀다.

기억은 각자 주관적이어서 모두 동일하지 않았다. 우리 집 막내딸, 내 여동생이 한동안 외할머니 집에 맡겨졌다는 것은 이번에 새롭게 알게 됐다. 일 나가신 할머니를 기다리면서 그 담 너머로 목을 빼고 쳐다보며 기다렸던 동생은 어린 시절의 외로움과 만나며 아직도 울멍대는 가슴을 달랬고 나는 아직도 외갓집을 자주 꿈속에서 만난다는 사실을 비밀처럼 털어놓았다.

포장 안 된 길을 달려 폴폴 먼지 일으키며 오던 버스를 타고 양손 가득 외손주들 먹거리를 챙겨서 우리 집으로 오시던 할머니, 넉넉지 않은 살림에도 우리에게 빠짐없이 쥐어주시던 용돈의 온기로 남은 분, 촌철살인의 말씀으로 나를 흔들던 그분은 이제 이 세상에 안 계신다. 그리고 할머니를 기다리며 무화과를 따먹던 옛날의 그 집은 허물어졌다. 하지만 늙어가는 나의 기억 속에서 무상하게 흐른 세월의 먼지를 쓸어내면 추억의 흔적만은 여전히 선명하게 남아있다.

　내 아이들이 20대이니 나도 머지않아 할머니가 되겠지. 손주가 태어나면 아이의 손을 잡고 다시 그 마을에 가보고 싶다. 살아서도 죽어서도 여전히 내 편인 할머니처럼 그렇게 나도 내 강아지들을 품을, 세상 풍파 속에서도 흔들리지 않을 너른 품 하나 마련하고 싶다.

화해의 저녁

하루가 저물었다. 이른 저녁 하늘에 성근 별이 돋고 사람들은 종종걸음으로 집에 돌아가고 있다. 하루의 끝에 저토록 맹렬히, 고픈 배와 허기진 삶을 안고 달려갈 집이 있다는 것은 얼마나 다행한 일인가. 퇴근길의 차량들은 모천으로 회귀하는 연어들 같다. 시인 안도현은 연어라는 말에서 강물 냄새가 난다고 했다. 연어들이 간절히 돌아가고 싶은 곳의 냄새가 그 이름에서 난다면 사람이라는 말에서는 집의 냄새가 날까? 밥이 끓으며 나는 구수한 냄새가 사람에게서 그대로 느껴지면 좋겠다. 잘 마른 빨래의 햇빛 냄새, 엄마의 품속 푸근한 그 냄새가 사람에게서 났으면 한다. 우리들이 궁극적으로 연어의 강물처럼 그리는 곳은 바로 집이니 말이다.

어린 시절의 하루는 엄마들이 부르는 소리와 밥 짓는 연기로 저물었다. 하루 종일 손등이 쩍쩍 갈라지도록 추운 밖에서 놀던 겨울날, 저물녘 마을의 굴뚝에선 어느새 흰 연기 피어오르고 엄마의 부르는 소리는 우리를 집으로 끌었다. 밥이 익고 있는 무쇠솥 앞에 앉아 벌겋게 익은 숯불에 언 손을 녹이며 언니와 둘이서 '섬집 아기'를 부르곤 했다. 식사 후 설거지는 어린 우리 두 자매의 몫, 둘이 조잘대며 설거지를 하는 시간도 소꿉놀이 같아 마냥 재미있었다.

하지만 어른이 된 뒤 나의 저녁은 위태하고 불안했다. 불과 얼마 전까지 나는 저녁이면 자주 가슴이 울렁였다. 기억의 안쪽에 자리한 아픔이 불쑥 나타나서 자주 나를 흔들어댔다. 이십 년도 훨씬 넘은 시절, 일하는 나를 기다리며 할머니와 하루를 보내야 했던 유난히 예민했던 어린 딸은 엄마를 찾아 목이 쉬도록 울곤 했다. 나는 저녁마다 환청으로 아이 울음소리를 들었다. 예민한 딸의 분리불안은 어린이집에 갈 때까지 계속되었고 하루에도 몇 번씩 일을 그만두어야 할지 고민했다. 그토록 좋아하던 동요 '섬집 아기'도 나를 힘들게 했다. 그 노래를 들을 때면 슬픔이 치밀어 올랐다. 파도 소리를 듣다 잠든 아기가 가엾었고 다 못 찬 굴 바구니를 들고 집으로 달려가는 엄마는 더 가엾었다. 이제 그 딸은 스무 살이 훨씬 넘어서 엄마에게 곧잘 조언도 하는 어른이 됐는데 저녁 무렵의 나는 여전히 옛날 기억의 언저리를 맴돌고 있었다. 저녁이면 고아처럼 작고 약한 마음속의 그 엄마를 달래지 못해 쩔쩔맬 때가 많았다. 그것은 행, 불행의 문제가 아니었다. 나는 근원적 슬픔의 감정을 안고 살았다.

마음속 슬픈 나와의 화해는 전혀 예상하지 못한 곳에서 찾아왔다. 대학 입학 뒤 사흘 이상 집에 머물 기회가 없던 딸이 코로나 온라인 개강으로 한 달 이상 집에서 지내게 되었다. 여전히 다람쥐 쳇바퀴처럼 바쁘게 돌던 나의 시간도 일시에 정지했다. 강의도, 회의도 모두 멈추었고 시작은 기약이 없었다. 둘 다 바빠 앞으로만 달리던 우리는 비로소 찬찬히 바라볼 시간을 얻게 되었다. 시간은 어느샌가 울보 꼬맹이를 의젓한 숙녀로 키워놓았다. 나는 참 오랜만에 가족을 위해 저녁밥을 지을 시간과 여유를 얻었다. 사회적으로 거리가 멀어진 사이, 우리 가족은 단단하게 하나로 묶였다.

임용고사를 준비하는 딸은 매일 책에 코를 박고 거실 창으로 들어오는 햇볕을 쬐는 것으로 외출을 대신하며 하루를 보낸다. 나는 어린 시절 울보 딸과 놀아주지 못한 미안함과 이 충만한 시간에 대한 감사를 섞어서 밥을 짓는다. 우리 집 부엌은 저녁마다 밥 냄새가 구수하다. "엄마가 시간이 없어서 그랬지, 실상 훌륭한 요리사"라는 딸아이의 의례적 칭찬에 한껏 으쓱해져서 내일의 메뉴를 고민하게 된다. 조금의 여유가 생긴 남편도 자주 저녁상에 함께 앉아서 우리는 저녁이 있는 삶의 한가운데 서게 되었다. 나는 비로소 저녁과 화해했고 마음속, 지친 젊은 나와 우는 딸을 보듬을 수 있었다.

저녁이 되면 하늘이 푸른 어둠에 싸이고 고요가 서서히 스며든다. 처음에 하나둘 사람들과 도시의 모습을 지워가던 어둠은 다시 반짝 불빛으로 피어나고 더 분주한 밤을 만들기도 한다. 저녁이 오기도 전에 공부하는 딸 주변을 뱅뱅 맴돌며 묻는다.

"딸, 오늘 저녁은 우리 뭐 먹을까?"

무쇠솥 앞에 익어가는 숯불은 없어도 이제 나의 저녁은 충만하다. 잃은 것이 오히려 얻은 것으로 돌아온 때 나는 저녁과 화해했다.

기억

그녀들의 신산한 삶이
모두 심청전처럼 해피엔딩으로 끝나리라는
보장은 어디에도 없다. 하지만 삶이 늘 우리를 배반하더라도
아직은 끝난 게 아니다. 그래서 이 땅에 시집온 심청이들은
연꽃 속에 피어오를 그날을 기다리며 오늘도 고난을 건딘다.

도서관, 영혼의 고속도로

나이가 든다는 것은 점점 보수화된다는 말이다. 오늘이 어제와 다르지 않기를 바라고 변화가 두려워진다. 매일 똑같은 삶이 지겨워 늘 무슨 일을 꾸미던 옛날의 용기는 간데없고 작은 변화에도 마음이 두근대고 일을 앞에 두고 해보자는 결기보다 회피하고픈 마음이 커진다. 자라 보고 여러 번 놀란 마음이 솥뚜껑이라면 쳐다보고 싶지도 않다. 하지만 모든 일을 외면하고 살아갈 수는 없고 도저히 거부하기 힘든 일들이 나를 찾아오기도 한다.

후배로부터 뜻밖의 제안을 받았다. 작은 도서관을 한 곳 운영해 보지 않겠냐는 말에 망설일 여지도 없이 덜컥 수락을 했다. 내가 가장 좋아하는 공공장소가 바로 도서관이다. 어린 시절부터 유난히 책 읽기를 좋아했고 독서와 글쓰기를 가르치는 사람이 됐으니 내 인생의 거의 모든 것들은 도서관과 책에서 이뤄졌다. 하지만 오랜 활동의 과정에서 느낀 것처럼 독서와 글쓰기를 가르치는 일과 도서관 실무를 보는 일은 엄청난 차이가 있다. 강사가 한 분야의 전문가라면 도서관 운영자는 종합기획자이다. 다방면을 두루 알고 능해야 한다. 더욱이 혼자서 북 치고 장구 치다 때로 꽹과리까지 쳐야 하는 작은 도서관이라면 더욱 그렇다.

남들은 조용한 도서관에서 음악 듣고 책 보는 일을 운영이라 생각하지만 이건 엄청난 오산이다. 작은 살림에도 삶의 모든 것이 필요하듯 작은 도서관에도 운영의 모든 것이 필요하다. 아주 사소한 것 하나에서부터 세심한 손길이 요구된다. 게다가 중간에 도서관의 이름이 변경되는 바람에 이미 작업해 놓았던 것들을 이중으로 처리해야 하는 번거로움이 생겼다. 여기에 더해 자칫 도서관이 초라해 보일까 봐 SNS에 사정을 알렸더니 너도나도 책을 기증해 주셔서 다 등록하느라 일이 두 배로 늘었다. 문을 열기도 전에 일에 치어서 죽을 지경이었다. 책이 많으면 좋겠다는 소박한 욕심에 오히려 초기 노동이 몇 배로 느는 부작용을 낳은 셈이다. 하지만 책을 싣고 기꺼이 도서관으로 달려와 준 고마운 손길들을 생각하면 이런 부담은 내가 기꺼이 감내해야 할 일이었다.

　지치는 순간마다 나를 일으켜 세우는 작은 풍경이 하나 있다. 초등학교 시절 담임 선생님이 도서관 도우미를 시키시면서 나를 모델로 책 읽는 모습 그림을 그리셨다. 선생님의 붓끝에서 그려진 나는 닮은 듯 아닌 듯 생경했지만 그림이 붙어있는 도서관에 갈 때마다 나는 스스로 독서하는 인간으로 살겠다고 다짐했다. 그리고 평생을 책을 읽고 읽기를 가르치며 살았으니 그날 낡고 오래된 책 몇 권이 전부였던 시골 초등학교 도서관에서 나의 평생의 삶의 방향이 결정된 것이 아니었나 하는 생각이 든다. 어린 내가 그러했듯 이 작은 도서관에서 많은 아이들이 책을 읽고 꿈을 키울 수 있다면 나 또한 누군가를 행복한 독서인으로 키울 수 있으리라는 기대도 해 본다.

　무엇이든 새로운 일을 시작하는 것은 상당한 억압감이 있다. 하지만 이렇듯 마음을 누르는 억압을 부담이 아니라 설렘으로 받아들이려 한다. 이 순간, 낯설고 거북하고 손에 겉노는 일도 조금만 시간이 지나면 익숙해질 것이고 어느새 입속의 혀처럼 편안해질 것이다. 운전면허를 따고 처음 중고차를 한 대 사서 몰고 나갔던 때 내 머릿속은 온통 걱정으로 가득했다. 어찌 몰고 나서기는 했지만 일하는 내내 다시 운전하고 가야 하는 것이 걱정이 돼서 일에 집중을 못했다. 차라리 택시를 타고 갈까 하고 생각했지만 용기를 내서 운전해서 돌아왔다. 더러 소소한 접촉 사고가 나기도 하고 아찔한 순간들도 많았다. 하지만 지금 자동차를 내 몸처럼 편안히 받아들이게 된 것은 그런 순간들을 견딘 힘들이 쌓인 결과이다.

운전은 자칫 누구를 다치게 할 수도 있지만 도서관 운영은 내가 실수를 하더라도 누구도 다치지 않는다. 그리고 운전은 나 한 사람 편한 일이지만 이곳은 많은 이들의 영혼을 고속도로로 이끌 수 있으니 이 시간만 지나고 나면 나는 진짜 도서관지기가 될 수 있으리란 마음으로 하루하루를 견디는 중이다.

더디게, 더디게 마침내

2월 29일은 날씨가 매섭게 찼다. 4년 만에 찾아온 2월 29일, 다른 해 같으면 3월의 첫날이었는데 강의차 찾아간 군부대는 산 아래에 있어서 그런지 마치 동화 속 욕심쟁이 거인의 뜰처럼 바람은 더 찼고 계절은 겨울로 역주행을 하는 듯했다. 몸을 잔뜩 웅크린 채 도서관으로 향하는데 무엇인가가 나의 눈길을 딱 붙든다.

"어머나, 꽃이 피었네."

추위 속에 앙상하게 팔을 벌린 나무의 야윈 가지가 수줍은 듯 매화 송이를 피워내고 있었다. 나의 호들갑스러운 감탄에 안내하던 부대 관계자가 어쩐 일인지 해마다 그 나무가 가장 먼저 꽃을 피운다고 귀띔해 준다. 이를테면 그 약한 꽃은 부대에서 봄의 전령사였던 셈이다. 작고 여린 꽃이 군인이라는 이름으로 젊은 시절의 매섭게 찬 한때를 견디고 있는 많은 청년들에게도 또 한 해가 왔음을, 그래서 자신에게 주어진 국방이란 의무의 시간이 어김없이 가고 있음을 알려주는 시계의 역할을 하지 않나 하는 생각이 들었다.

도서관에 들어서니 스물한두 살 나이의 병사 스무 명 남짓이 기다리고 있었다. 창원도서관에서 재능기부 제의가 들어왔을 때 아들을 군대에 보낸 군인의 엄마로서 무엇인가 해야 되겠다는 마음으로 군부대 강의를 시작했다. 내 아들을 직접 가르치지는 못하지만 우리들의 아들을 가르칠 기회가 왔으니 기꺼이 수락했던 것이다.

첫 인사로 매화 이야기를 꺼냈다. 곁에 있어도 보지 못했던지 벌써 꽃이 피었냐는 표정들이다. 꽃이 아름다운 이유는 좁은 가지에서 견딘 기다림의 시간이 있었기 때문이라는 이야기에 고개를 끄덕였다. 나의 아들도 여러분 또래이고 제대한 지 얼마 안 됐다고 이야기를 했더니 제대로 마음을 열었다. 내가 그 병사들을 통해 나의 아들 생각을 한 것처럼 그 아이들도 나를 통해 집에서 기도하고 있을 엄마를 떠올렸으리라. 아이를 처음 군대 보내던 날, 21개월 뒤 제대의 날이 오리라는 것이 거짓말 같았다. 하지만 언제 군대 갔던 날이 있었냐는 듯 제대를 하고 일상으로 돌아갔다.

이성부 시인의 「봄」에는 "더디게 더디게 마침내 올 것이 온다"는 구절이 있다. 매화가 좁은 가지에서 기다린 봄도, 아들들이 입대해 기다린 제대도 참으로 더디고 긴 시간이었으리라. 하지만 마침내 봄은 오고 제대의 시간도 어김없이 왔다. 어김없다는 말이 때로는 말할 수 없는 위로가 된다. 영원히 끝날 것 같지 않은 순간도, 상황도 마침내 지나가고 어김없이 극복되는 순간은 온다.

강의 중 올 한 해 꼭 이뤄야 할 일 열 가지를 쓰게 했더니 한 병사가 '죽고 싶다는 생각 하지 않기'를 적어냈다. 겨울의 한가운데를 지나고 있는 스무 살 청년의 절망이 고스란히 느껴졌다. 누가 그렇게 적었는지 알지는 못했으나 그 상황에 꼭 맞는 글 한 편을 읽어주고 함께 이야기를 나누며 부디 이 겨울을 잘 이겨내고 여윈 방황의 가지에 꽃 한 송이 피워내기를 바라는 마음을 전했다.

그렇게 차고 맵딘 날씨였는데 겨우 1주일여의 짧은

시간에 순식간에 기온이 수직 상승했다. 1주일 전의 추위는 아랑곳없고 두꺼운 외투가 오히려 거추장스럽다. 남녘의 꽃들이 다투어 무더기로 피어나 꽃 축제들도 시작될 것이다. 아마 그토록 앙상해 보이던 부대의 매화나무도 더 많은 꽃들을 가지에 풍성히 매달고 있지 않을까. 어김없음의 질서, "더디게 더디게 마침내" 올 것이 오고 마는 그 자연의 순리에 나는 또 힘을 얻는다.

진짜 원하는 추석

"가윗날 앞둔 달이 지치도록 푸른 밤, 전선에 우는 벌레 그 소리도 푸르리. 소양강 물소리며 병정들 애기 소리 그 속에 네 소리도 역력히 들려오고 추석이 내일 모레 고무신도 사야지만 네게도 치약이랑 수건도 부쳐 야지."

추석을 보내며 신석정의 따뜻한 시 「추석」을 읊조려 본다. 초등학교 다닐 때 우리들은 자주 위문편지와 위문품을 군부대로 보내곤 했다. 치약, 수건, 양말 등의 위문품을 학교에서 모아서 서툰 연필 글씨로 꼭꼭 눌러 "국군 아저씨께"라고 시작하는 편지와 함께 보낸 뒤 답장을 기다리곤 했던 기억이 새롭다.

우리들에게 일 년에 두 번 명절은 고무신도 사고 위

문품도 보내는 날이었다. 늘 언니나 형의 옷을 물려받아 입는 게 당연했던 여섯 남매가 유일하게 똑같이 새 옷을 살 수 있는 날 또한 명절이었다. 동네 옷가게나 장터에서 삼 년은 입을 요량으로 산 그 커다란 옷을 머리맡에 두고 기다리던 추석날 아침은 얼마나 더디 오던지. 채 날이 밝기도 전에, 엄마가 깨우기도 전에 일어나서 세수를 하는 둥 마는 둥 새 옷을 입고 큰집으로 내달아 갔다. 그곳엔 나보다 마음 급한 사촌 언니, 오빠들이 벌써 모여서 제비 새끼들처럼 조잘대고 있었다. 백석의 「여우난곬족」 속의 가족의 모습이 바로 우리들 기억 속의 명절 모습이었다.

딸아이가 어렸을 때 어느 해 추석선물을 사달라 했다. 그래서 옷을 사주겠다고 했더니 옷이 무슨 선물이냐며 그건 평소에 사야 되는 것이라고 정색을 했다. 한 세대만의 아찔한 격세지감이다. 풍요의 시대를 살고 있는 요즘 아이들에겐 옷이란 그저 백화점에 지천으로 쌓여서 필요할 땐 언제든 살 수 있는 필수품일 뿐이었다. 다 낡아 해지기 전에는 절대 버리지 못하던 옷을 입던 우리들이었는데 그 결핍을 내 자녀를 통해 해소하려는 듯 마구 사들였다. 그러다 보니 색깔이, 디자인이 마음에 들지 않아서 채 입히지도 못한 옷을 재활용 통으로 버리기 일쑤이다. 추석빔 하나에 행복해 잠을 이루지 못했던 엄마의 추억담은 옛날이야기 책에서나 나올 만한 고리타분한 이야기일 뿐이다.

하지만 이 현실이 반갑지만은 않은 것이 풍요는 겉모습뿐이라는 쓸쓸한 자각 때문이리라. 설렘이 사라진 추석은 그저 의례적으로 치러야 하는 연중행사로 전락했고 귀찮고 힘들기만 한 날이라는 의식이 팽배하다.

초등학생을 대상으로 하는 독서 수업 시간에 『솔이의 추석 이야기』를 읽어주었다. 이억배 선생의 정겨운 그림이 화면을 가득 메우고 있는 이 그림책이 아이들에게 전통과 가족, 명절의 의미를 적으나마 생각하게 해주었나 보다. 그림 한 장 한 장에 주목하며 추석의 모습을 찾아가며 이야기도 나누며 읽다 보니 짧은 그림책 한 권 읽는데 꽤 시간이 걸렸다. 한참 이야기를 나누던 중에 한 아이가 눈을 동그랗게 뜨고 묻는다.

"선생님, 솔이의 추석은 재미있는데 우리 추석은 왜 재미가 없나요?"

말문이 막힌다. 정말 아이들이 원하는 것은 재미있는 추석인데 우리들은 그 아이들에게 재미는 없고 배만

부른 것들을 물려주고 있었던 것은 아닌가. 아이들이 원하지도 않는 것을 그것만이 최고인 양 물려준 어른의 한 사람으로 미안했다. 이 마음을 함께 송편 만들기로 풀기로 했다. 강의실이 금세 왁자지껄 시장바닥처럼 소란스러워졌다. 더도 덜도 말고 이만큼만 재미있는 추석을 아이들에게 돌려주고 싶다. 반달 모양, 토끼 모양, 알밤 모양, 가지각색의 송편이 익는 냄새가 강의실에 가득 찼다. 아이들의 얼굴도 웃음으로 가득 찼다.

시골학교 도서관의 하루

4·5·6학년 전체 학생 11명, 작고 소박한 시골학교 도서관은 학교 규모에 맞지 않게 꽤 잘 갖추어져 있다. 아이들이 호기심 어린 머루빛 눈으로 빤히 쳐다본다. 그 모습이 하도 귀여워서 웃었더니 활짝 따라 웃는다.

아이들에게 책을 읽어주는 순간 나는 세상으로 향하는 창이 된다. 시골학교 작은 도서관에서 아이들이 한 권의 책으로 세상과 만날 수 있다는 것은 얼마나 멋진 일인가. 오늘 어린 시절의 내 모습을 닮은 한 아이를 만났다. '세계의 어린이 우리는 친구'라는 글을 읽고 여러 활동을 한 뒤 세계의 친구들에게 편지 쓰기를 했다. 고사리 손으로 얼굴이 빨개지도록 열심히 쓰는 아이들 모습이 예뻤다. 한 아이를 불러 일으켜 쓴 편지를 읽게 했다. 문득 초등학교 시절의 내 모습이 겹친다.

어릴 때부터 책 읽기를 좋아해서 선생님이 도서관 도우미를 맡기셨다. 당시는 지금에 비하면 책이 형편없는 수준이었다. 복도 끝 도서관 문을 밀고 들어가면 낡은 책들이 책장의 절반도 채우지 못한 채 헐겁게 꽂혀 있었다. 누런 갱지 수준의 두꺼운 종이는 왜 그렇게 잘 바스라지던지. 지금도 그 도서관을 생각하면 풍겨오던 눅눅한 습기와 묵은 냄새를 잊을 수가 없다. 냄새의 기억이 이렇게 선명하다는 것이 이상할 정도다.

책의 질이 형편없다 해도 그 속의 이야기를 빛바래게 할 수는 없었다. 해가 질 때까지 책 속에 빠져 있다가 학교 운동장을 가로질러 나오노라면 저녁햇살에 키가 커진 나무 그림자가 집으로 돌아가는 나를 배웅했다. 미루나무 그림자 동무하며 집으로 돌아와 잠이 들면 꿈속까지 책이 따라 들어오곤 했다. 단발머리 가시내는 책을 사랑했고 그 책으로 자랐다. 이런 충만한 기억이 지금껏 내 삶의 든든한 받침돌이 되고 있다는 것은 자랑스럽고 감사한 일이다.

나는 우리들의 어린 시절에 수많은 텔레비전 채널과, 컴퓨터라는 괴물이 존재하지 않았다는 사실에 감사한다. 텔레비전이라야 온 동네 통틀어 우리 집에 있는 단한 대, 그것도 특별한 때가 아니면 자물쇠가 얌전히 채워져 감히 접근조차 힘들었다. 그러니 학교 마치고 남는 많은 시간을 보낼 재밋거리를 아주 효율적으로 책에서 찾았던 셈이다. 괴물이라는 극단적인 표현이 과할 수도 있겠다. 하지만, 아이들의 꿈과 시간을 갉아먹는다는 측면에서 본다면 틀린 말은 아니리라. 책과 놀시간, 친구와 부대낄 시간에 오직 전자기기에 매달려 있는 아이들을 보면 가엾기까지 하다.

자극과 재미가 넘치는 시대에 사는 아이들이 누리는 것들이 부럽기보다는 걱정스럽다는 생각을 한다. 가진 것은 필요를 훨씬 넘어서는 과잉의 시대를 살고 있지만 정서는 물질에 반비례해 빈곤해지는 모습을 자주본다. 타인의 슬픔이나 고통에는 둔감하면서 자신의 요구가 충족되지 않을 때는 극도로 예민해지는 아이들이 너무 많다. 감동도 기쁨도 없이 "몰라요, 싫어요, 그냥요."를 남발하는 마음에 감동의 싹을 틔워주는 일이 너무 힘들다 여겨질 때도 있다. 그러나 아직도 감동에 울 줄 아는 아이가 있는 한 나의 일이 절대 외롭지만은 않다는 생각이 든다.

수업을 마치고 나오려니 도서관 밖까지 따라 나온 아이가 "선생님" 하고 부른다. 두 시간 내내 책 읽기의 중요성을 강조했더니 제 딴에 굳은 결심이 선 듯 "책 많이 읽고 훌륭한 사람이 될게요." 하고 작지만 야무진 목소리로 말한다. 그 말에 화끈 눈시울이 붉어진다. 감동이 감기처럼 전염되어 아이와 내 마음에 똑같이 햇살이 번진다. 그 말이 마음을 채워 한동안 더 버틸 힘을 얻는다. 아이들이 아무리 "몰라요, 싫어요, 그냥요."를 외쳐도 포기하지 않을 작정이다. 메마른 가슴에 작은 물기라도 번질 수 있게 내가 가진 힘을 쏟으리라 다짐한다. 나는 오늘도 여전히 책 한 권 들고 시골학교 도서관으로 찾아가는 길 위에 있다.

어둠 속의 시

소아당뇨 때문에 미처 키가 자라지 못한 한 여성이 주변의 부축을 받아서 무대에 올랐다. 앞을 보지 못하는 그녀가 조명 속에 홀로 서서 떨리는 목소리로 나직하게 시를 읽기 시작했다.

"소아당뇨병을 앓은 지 어느덧 36년. 그 합병증으로 시각 장애인이 된 지도 벌써 17년/ 길다고 생각하면 긴 시간이었고/ 짧다고 생각하면 참 짧은 시간// 나 어렸을 때 봉숭아 꽃잎 찧어서/ 손톱에 예쁘게 수놓았던/ 싱그러운 그 기억도 가물가물/ 스무 살 성년의 날/ 그 누구에게 받았던 스무 송이 장미 빛깔도 가물가물/ 항상 건강관리를 잘 하셔서/ 얼굴에 세월의 흔적을 느낄 수 없었던/ 아빠의 얼굴도 가물가물/ 물론 이제는 팔순을 지나/ 세월의 연륜이 쌓여서 그렇기도 하겠지만/ 항상 이 아픈 막내딸 걱정 때문에/ 흰 머리 늘었다는데/ 그 말을 듣는 순간/ 나의 두 볼에 뜨거운 눈물이 흘러 내리네// 보이지 않아서 가물가물/ 많은 시간이 흘러서 가물가물/ 그립고 아름답던 시간도/ 아프고 괴로웠던 추억도/ 이제는 머릿속 희뿌연 연기처럼 가물가물"

시가 낭송되는 동안 여기저기서 훌쩍이는 소리가 들렸다. 그중에 유난히 굵은 눈물을 흘리는 한 사람, 희끗한 머리의 노신사는 바로 이 시에 등장한 아픈 막내딸 걱정에 노심초사했던 아버지셨다. 비록 볼 수 없지만 아버지 앞에서 그 시를 낭송한 시각장애인 김미화 씨도, 그리고 그 시를 듣고 있는 아버지의 마음도 오롯이 감동이 되어서 사람들의 마음으로 흘러들었다.

김해 문화의전당 소극장에서 열린 시각장애인 창작시 음악 축제는 감동과 보람의 무대였다. 시각장애인들과 독서와 글쓰기 수업을 진행한 지 10여 년, 우리 수강생들에게 믿지 못할 만큼 멋진 기회가 찾아왔다. 유관 단체들이 힘을 모아 좋은 작품을 가려서 노래로 만들어 발표하자는 계획이 세워진 것이다. 그리고 1년여의 시간 동안 수차례의 회의와 작곡, 가수 선정, 행사기획 등의 준비 기간을 거쳐 이날 드디어 무대에서 발표하게 된 것이다. 시의 주인공 김미화 씨를 비롯해 김기환, 정인교, 문인식, 이수진, 이충목, 심인자, 노판지, 이윤덕, 김광숙 등 수강생 10명이 자신의 시를 낭송하고 작사가가 되어 시로 만들어진 노래를 함께 즐긴 감동의 시간이었다.

보이지 않지만 할 수 있는 것이 많다는 것을 당당하게 증명해 보인 이날, 공연에 참석한 5백여 명의 사람들은 시각장애인에 대한 편견과 차별이 순전히 자신의 마음이 만든 허상임을 어느 정도는 느끼게 되었을 것이다.

감동은 그것만이 아니었다. 한창 연주가 계속되던 무대의 불이 갑자기 꺼졌다. 관객들 사이에서 순간 작은 웅성거림이 일었다. 이렇게 멋진 시설을 운영하는 스텝들도 이런 실수를 하는 것일까? 구경하는 사람들이 더 긴장했다. 그런데 어둠 속에서 기타와 하모니카가 어우러진 합주가 시작되었다. 조명은 노래의 1절 연주가 끝나도록 들어오지 않았지만 어둠 속의 연주는 계속되었다. 이윽고 서서히 밝아온 조명 속에서 모습을 드러낸 이들은 시각 장애인 하모니카와 기타 합주팀이었다. 고장 난 줄 알았던 조명이 사실은 시각장애를 간접적으로나마 경험해 보게 하려는 연출팀의 의도였던 것이다. 보는 일이 보이는 사람에겐 당연한 일이다. 그래서 우리는 빛이 없으면 무력해진다. 하지만 보이지 않는 눈으로 연주하는 사람들에겐 빛도 어둠일 뿐이었다.

보이지 않는 눈으로 쓴 시, 그 시로 만든 감동적인 노래들, 그리고 어둠 속의 연주, 이 여운은 오래도록 마음에 남아 사라지지 않을 듯하다.

은빛 행복 책 읽기

한때 시집 『약해지지 마』가 독서계에 때 아닌 시집 읽기 열풍을 몰고 왔었다. 이 책은 시바타 도요라는 일본 할머니 작가가 100살이 가까운 나이에 자신의 장례식에 쓰려고 모아둔 돈 100만 엔으로 출판하였는데, 여러 나라 말로 번역되어 150만 부가 넘게 팔렸다.

실버 세대를 대상으로 책과 글로 소통하는 힐링 도서관 '은빛 행복 책 읽기'의 첫 수업은 이 시집으로 시작되었다. 첫 만남의 어색한 분위기는 시를 소리 높여 읽으며 어느새 누그러졌다. 시 낭송하기를 마무리한 뒤 지나온 삶의 가장 행복했던 순간을 떠올려보며 시를 쓰시도록 했다. 평생 처음으로 시라는 것을 써본다며 난감해하시는 수강생들께 100세 할머니도 하시는 일을 70~80대 젊은이들이 못 하겠느냐고 독려했더니 다들 추억과 시심에 빠져 멋진 시 한 편씩을 지으셨다.

어린 시절에 마을 어른들 모아놓고 연극 공연을 할 때 객석에서 지켜봐 주시던 아버지에 대한 고마움과 든든함, 초등학교 시절 저녁이 늦도록 학교 운동장에서 놀다가 바라본 하늘에 돋아났던 초승달의 추억, 어머니와 손잡고 걸었던 솔밭의 솔 내음, 어리고 약해 늘 못 미더웠던 아들이 어느 날 친구들의 딱지를 모조리 따서 서랍에 넣어둔 것을 보고 느꼈던 뿌듯함까지 추억의 창고에서 먼지를 뒤집어쓰고 묵혀지던 기억들이 지금의 일인 듯 되살아나 한 편의 시로 완성되었다.

평생에 처음으로, 중학교 시절 이후 몇십 년 만에 써 본다는 시들은 생생하고 감동적이었다. 몸은 늙어가도 마음과 추억은 여전히 총천연색 화려함 그대로였다. 힘들게 쓴 시의 가장 좋은 독자는 말할 것도 없이 시를 쓴 작가 자신과 기억 속의 주인공들일 터였다.

이후 박완서, 법정, 류시화, 정호승 등의 책을 읽으며 서로의 느낌을 나누고 글로 써 보기도 하며 수업이 진행되었다. 처음엔 독서도, 글쓰기도 힘들어하던 수강생들이 길을 걸어 다니면서도 책을 읽노라고, 이제는 자서전 쓰기에 도전해 보고 싶다고 빛나는 얼굴로 말할 때는 그 마음속에 감춰졌던 열정의 실오라기 하나를 풀어내는 작은 일을 해냈다는 것이 기뻤다.

박완서의 『그 많던 싱아는 누가 다 먹었나?』를 읽고 진행한 수업 시간에는 생생한 6.25의 아픔과 날것 그대로의 피비린내가 진동했다. 그야말로 살아있는 한국사 교과서가 따로 없는 경험담이 이어졌으며 수강자 모두 어제 일인 듯 기억 속 전쟁의 아픔을 공감했다. 학기 마지막 수업의 도서는 『나는 죽음을 이야기하는 의사입니다』였다. 웰 빙만큼 웰 다잉이 중요해지는 나이, 가치 있는 삶과 아름다운 마무리에 대한 경건한 반성과 다짐이 이어졌다. 앞으로 남은 생에 맑은 정신이 있는 동안에는 1년에 한 번씩 유서를 고쳐 쓰면서 살아온 날을 정리하고 살아갈 날의 자세를 가다듬자는 이야기는 나이 드신 분만이 마음으로 할 수 있는 진심으로 공감되는 이야기였다.

디스크에 걸려 아픈 허리를 복대로 감추고, 제삿날 장 보러 가는 일도 뒤로 미루고 빠짐없이 수업에 참석하시는 수강생들을 보며 알고자 하는, 배우고자 하는 욕구는 노년에도 여전히 사라지지 않고 날로 새로워진다는 사실을 절실하게 느꼈다.

사람들은 빠르게 늙어가는 한국 사회의 노령화를 걱정하지만 여전히 젊고 의욕에 넘치는 노인들의 능력에는 주목하지 않는 것 같다. 다양한 사회 교육 프로그램을 제공하고 적극적으로 참여하도록 유도한다면 그분들은 지금까지의 연륜과 아직 사그라들지 않는 열정으로 분명 사회의 중요한 축으로 자리할 수 있으리라.

하반기에는 작은 작품집 한 권이라도 펴낼 수 있도록 더욱 독려해 봐야겠다. 혹시 알겠는가? 그 책이 『약해지지 마』보다 더 큰 감동을 우리 사회에 안겨줄지. 책과 함께하는 행복은 날로 은빛 찬란하다.

이 땅에 온 '심청'에게

　결혼이주 여성들 대상으로 한국어와 문화에 대해 강의를 해달라는 요청을 받았다. 어떤 수업을 하면 좋을까 생각하다가 한국 전래 동화 읽기를 하기로 결정했다. 10회로 계획된 강의의 기본 텍스트는 모두 한국 전래 동화로 구성되었다. 『흥부 놀부』, 『혹부리 영감』, 『콩쥐 팥쥐』, 『열두 띠 이야기』, 『해와 달이 된 오누이』 등 수업 시간마다 흥미진진한 이야기의 세계가 펼쳐졌다.

　이주 여성들과 함께 전래 동화를 읽는 것은 여러 가지 의미가 있다. 먼저 한국 문화 이해이다. 옛이야기 속에 담긴 한국인의 정서를 이해하고 문화의 바탕을 아는 것은 생활을 하는 데 무척 도움이 되는 일이다.

예를 들면 이주 여성들은 전래 동화를 읽고 한국인들은 전통적으로 효를 중시하고 인간됨의 도리를 강조했다는 것을 알게 되는 식이다.

또한 수준 높은 한국어의 다양한 어휘를 알게 된다는 점이 있다. 전래 동화는 어린이들에게 어휘교육을 할 때 유용하다. 평소에 쓰지 않는 다양한 낱말들을 책을 통해서 읽고 배우며 생각의 넓이가 커져간다는 차원에서 전래동화 읽기는 의미가 크다. 이주 여성들을 위한 한국어 교재의 대부분은 기초적인 생활회화 중심으로 구성되어 있다. 물론 한국에서 살아가기 위해 반드시 필요한 것이 바로 생활회화이다. 당장의 생활에 필요한 언어 소통이란 생활회화 중심이기에 이것은 당연한 일이다. 문제는 발전이 없다는 점이다. 이주 여성들의 한국어 학습패턴을 보면 거의 대부분 초급단계 습득 후 학습 중단이란 형태를 지닌다.

기본 교재가 5단계까지라면 거의 대부분은 3단계를 잘 넘어가지 못한다. 3단계 정도만 마쳐도 한국어를 잘한다고 생각하는 경향이 강하다. 공부보다는 돈벌이에 관심을 갖는 경우도 많다. 그러다 보니 아이가 초등학교에 들어갈 때까지 한국 생활을 해도 학교의 알림장을 제대로 이해하는 사람이 많지 않다. 그래서 중급 이상의 결혼 이주민을 대상으로 하는 한국어 학습이 무척 필요하다. 그런데도 한국어 교실에 가보면 초급수강생은 많은데 중급 이상, 특히 고급반은 반 개설조차 힘든 실정이다.

이런 현실이 좀 더 적극적으로 한국어 교육 현장에 반영되어야 되겠다는 생각을 늘 하고 있기에 나는 결혼 이주민 대상의 강의에 전래동화를 자주 이용하는데 꽤 효과를 얻고 있다. 우선 재미가 기본이다. 『똥벼락』을 읽어줄 때는 얼마나 재미있어하던지 표정이 꼭 어린아이들 같았다. 거기에 『똥떡』과 『세상에서 가장 멋진 내 친구 똥퍼』를 곁들여 읽어주면 재미가 깨를 볶는다. 사람을 움직이게 하는 데 재미보다 더 강력한 동인은 없기에 한 권의 동화라도 재미나게 읽어주려고 노력한다. 그러면 자꾸 더 재미있는 책들을 찾아 읽게 되는 것이 당연한 일이다.

결혼 이주민을 대상으로 한 전래동화 읽기의 또 다른 효과는 바로 엄마가 배운 것을 아이에게 접목할 수 있다는 점이다. 이것은 내가 가장 강조하는 점이기도 하다. 한국 아이들은 어린 시절부터 책 읽기를 자연스럽게 습득하며 자란다. 이렇게 자라나 엄마가 된 사람들이 열성을 넘어 극성까지 부리면서 아이들을 키운다. 아이가 어릴 때 가장 신경 쓰는 한 분야가 바로 책 읽어 주기다. 물론 이것도 개인차가 심하고 또 지나치게 일찍 끝나는 측면이 있지만 이제 독서가 경쟁력이라는 사실에 큰 이견은 없는 듯하다.

이주 여성들의 출신 국가는 아직 이런 분위기가 일반화되지 않아 책 읽기의 중요성을 인식하지 못하는 경우가 많다. 그래서 시간이 될 때마다 이주 여성들에게 "여러분은 한국 아이들의 엄마이고 그 아이들은 수많은 경쟁을 하며 살아야 한다."는 이야기를 한다. 갈수록 유리 천장이 공고해지고 계층의 이동이 어렵다고들 한다. 다문화 가정의 아이들이 건강한 사회 구성원으로 자라고 학교생활에도 잘 적응하기 위해서는 독서가 필수이다. 수업 시간에 사용한 활동지는 집에 가서 꼭 아이랑 다시 해보라고 권한다. 이렇게 하면 아이의 인지 발달은 물론이고 엄마와의 친밀한 관계 형성에도 도움이 된다. 막연히 독서 교육을 어떻게 하나 고민하던 엄마들도 자신들이 배운 그대로를 복습하듯이 한 번 더 반복하는 것은 어렵지 않기 때문이다. 한 번의 시도로 아이가 갑작스럽게 책을 좋아하지는 않겠지만 독서흥미 형성은 아이 관심 1%, 부모 노력 99%라니 그 노력의 1%라도 덜어줄 수 있다면 하는 안타까움에 열을 내게 된다.

여기에 더해 뜻하지 않은 효과를 한 가지 더 발견했다. 바로 마음의 정화, 소위 심리적 카타르시스 효과다. 『효녀 심청』으로 수업을 할 때였다. 심청이 인당수로 뛰어내리는 장면에서 한 수강생이 갑자기 울음을 터뜨렸다. 이 갑작스러운 울음에 분위기가 순식간에 굳어졌다. 처음엔 그냥 소리 없이 눈물만 흘리더니 시간이 갈수록 감정이 격해져서 울음소리가 점점 높아졌다. 강의를 계속하기 힘들 정도로 흐느끼는 그녀를 난감하게 바라보고 서있자니 나도 울고 싶었다. 다른 수강생들도 곤란하기는 마찬가지. 모두들 서로 쳐다보며 어쩌지 못하고 있었다. 도대체 무엇이 그녀를 그토록 큰 감정의 격랑으로 몰고 갔는지 알 길이 없었다. 한참을 울고 난 그녀가 말했다.

"선생님, 이 심청이가 저인 것 같아요."

갑작스러운 그 말에 말문이 막혔다. 섣부른 위안이 오히려 독이 된다는 것을 알기에 그저 바라볼 수밖에 없는 일이었다. 웃음은 물론이고 눈물도 전염된다는 것을 그때 알았다. 여기저기서 훌쩍거리는 소리가 들렸고 급기야 서로 껴안고 한동안 눈물들을 흘렸다.

마음 같아선 내가 제일 울고 싶었으나 수업의 방향을 놓칠 수는 없었다.

"여러분 마음 잘 알겠어요. 하지만 다 끝난 게 아니랍니다."

나는 감정을 추스르고 연꽃 속에 솟아오른 심청이의 뒷이야기를 읽어주었다. 심청의 궁전 간택과 봉사 잔치, 그리고 심 봉사가 눈 뜨고 심청을 만나는 장면까지 쉼 없이 이어졌다. 동화가 끝나고 여기저기서 박수가 터져 나왔다.

수업을 마치고 나오는데 울음을 그친 심청이들이

"선생님, 맞아요. 끝난 거 아니에요. 그래서 우리는 괜찮아요."

그녀들의 신산한 삶이 모두 심청전처럼 해피엔딩으로 끝나리라는 보장은 어디에도 없다. 하지만 삶이 늘 우리를 배반하더라도 아직은 끝난 게 아니다. 그래서 이 땅에 시집온 심청이들은 연꽃 속에 피어오를 그날을 기다리며 오늘도 고난을 견딘다.

울음과 웃음을 보태며

한 여자가 글을 읽으며 운다. 억지로 참아보지만 눈물은 그녀의 인내를 집요하게 뚫는다. 좁은 틈새를 침범하는 바람처럼, 작은 구멍으로 쏟아지는 물줄기처럼 비집고 나오는 눈물이 여자를 점령한다. 어눌한 발음이나마 힘이 있던 목소리는 흐려지고 이내 알아들을 수 없다. 슬픔은 전염된다. 함께 있던 사람의 울음이 여자의 울음 위에 더해진다. 눈물이 쏟아져도 그녀는 읽기를 멈추지 않는다. 마치 글 속에서 자신을 울렸던 사람, 그 상황에 맞서는 전사처럼 끝까지 읽어낸다. 글의 내용이 흐려져 온전히 알아들을 수 없다. 하지만 그게 뭐 대수겠는가. 한바탕의 울음 끝에 마음이 말가니 가라앉을 수만 있다면.

성폭행 피해자, 그것도 지적 장애여성들을 대상으로 한 글쓰기 수업이라니. 도대체 그들에게 무엇을 어떻게 가르칠지 막막했지만 강의는 수락했다. 무슨 말로 건 힘이 되고 싶다는 마음과 그들이야말로 가장 배움을 필요로 하리라는 생각이 반반씩이었다.

수업을 약속하고 도서관으로 달려가서 관련되는 여러 권의 책을 빌렸다. 책을 통해 지적 장애 여성들의 현실과 그들에게 다가오는 검은 손의 정체, 성폭행 피해 이후 여성들의 짓밟힌 자존감과 망가진 삶을 꼼꼼하고 자세히 살폈다. 다른 강의를 준비할 때보다 훨씬 시간이 많이 걸렸다. 하지만 먼저 특수한 상황의 수강생을 이해해야만 그나마 수업이 가능할 것 같았다. 책만으로 부족해서 담당 실무자들을 만나 수강생의 특성과 지적 수준 정도를 묻고 방향을 정했다.

강의장에 가니 20명, 40개의 눈동자가 나를 주목했다. 나이도 장애 등급도 갖가지, 공통점보다 차이점이 더 많아 보이는 사람들이었다. 괜한 욕심에 많은 것을 가르치려 들지 말고 그들의 이야기와 아픔을 끌어내고 공감하면 될 것 같았다.

글을 쓰자 하니 "저 시 못 써요.", "한 번도 안 써 봤

어요." 하는 걱정들이 쏟아졌다. 글씨는 썼지만 글은 써보지 않은 사람들이 태반일 것이고 그나마 그 글자조차 모르는 사람이 있을 터이니 그런 상황은 충분히 예견된 것이었다. 어려운 상황에서도 할 수 있는 일을 찾아야 했다. 정채봉의 시 「엄마가 휴가를 나온다면」을 화면에 띄우고 먼저 한 번 읽어준 뒤 천천히 함께 읽도록 했다. 태어나서 한 번 엄마를 불러본 기억조차 없는 작가 정채봉이 엄마에 대한 근원적인 그리움을 담아 쓴 이 시는 첫 한 줄부터 사람의 마음을 파고드는 힘이 있다. 낭송만으로 벌써 눈시울이 붉어진 사람들이 많다. 마음이 열리면 할 수 있는 말들이 많아진다.

힘들면 그림을 그리라고 하고 글을 쓸 수 있는 사람들에겐 한 문장 쓰기부터 하라고 했다. '엄마', '아버지', '엄마에게 일러바치고 싶은 딱 한 가지 억울한 일' 세 가지의 글제를 주고 생각나는 대로 다섯 개, 열 개의 문장으로 표현하도록 했다. 문장 연결 관계는 생각하지 말고 무조건 생각나는 대로 단편적인 문장으로 쓰게 했다. 그냥 그렇게 썼는데도 한 줄 한 줄이 아픈 시가 되었다. 가장 많이 나온 말은 "엄마 사랑해요." "엄마 보고 싶어요."였다. 일찍 죽은 엄마, 집을 나간 엄마, 아픈 딸을 지켜주지 못한 엄마도 모두 보고 싶고 그리운 결핍이었다.

글 속에서 그들의 과거사는 놀라울 만큼 닮아있었다. 선천적인 장애, 따가운 시선과 방치, 그리고 그녀들을 노린 검은 손과 이후의 지옥 같은 고통이 주된 내용이었다. 대부분의 글에서 엄마가 부재했고 아버지는 무책임했다. 친구의 꾐과 호기심에 원조교제라는 잘못된 길로 들어선 10대 시절, 너무 무서워 도망쳤는데 집까지 찾아와 갈비뼈와 코뼈가 부러지도록 때렸던 남자를 무기력하게 바라본 아버지에 대해 그녀는 왜 그랬냐고 울면서 물었다. 울면서 왜 그랬냐고, 아버지 왜 그랬냐고 물었다.

모두 열심인데 유독 한 수강생은 아무런 의욕도 보이지 않고 계속 책상에 엎드려서 자고 있었다. 모습이 어쩐지 낯이 익어서 이름을 보니 아니나 다를까 아는 아이였다. 다문화 가정의 아이, 약간의 지적 문제가 있어서 상담하고 도움을 준 적이 있는데 결국에는 성폭행 피해자가 되어 그 자리까지 와있었다. 생활보호 대상자의 빠듯한 살림살이, 부모의 이혼과 엄마의 재혼까지 신산한 삶이 그 아이를 그토록 지치게 했을까. 겨우 깨어난 아이는 한 줄을 끄적이다 말고 또 엎드려 잠이 들었다. 가엾은 지친 등을 가만히 쓸어 주었다.

애초 가르친다는 것이 의미가 없는 일, 그저 마음의 물꼬를 터주고 함께 울어주기만 해도 충분했다. 슬프면 울어도 된다고 울고 싶으면 실컷 울라고 말해놓고 나도 그만 눈물에 전염되었는지 목소리가 자꾸 흐려졌다. 그렇게 두 시간이 끝났다. 다음 수업을 안내하고 돌아서 나오니 온몸이 물에 젖은 솜처럼 늘어졌다.

그들이 그 자리에 오기까지 우리는 무엇을 했을까? 세상의 검은 손들이 가장 약하고 힘없는 장애여성들을 노려서 짓밟는 동안 왜 지켜주지 못했는지 자책이 느껴졌다. 폭력을 견디다 못해 도망친 10대의 집까지 찾아온 원조교제남의 폭행을 방조한 그 아버지처럼 우리들도 그저 그렇게 무기력하게 구경만 하고 있었던 것은 아니었나. 왜 그랬냐는 처절한 외침은 아버지 한 사람에게만이 아니라 바로 나에게도 던지는 절규였던 셈이다.

그 외침을 들었으니 이제 우리들이 답을 주어야 할 차례다. 이것저것 뻔한 해결책을 내놓으려 하는 성급함으로는 안 될 것 같다. 남은 시간들, 먼저 찬찬히 그녀들의 이야기에 귀를 기울여주리라. 너무 목소리가 낮아 잘 들리지 않으면 나의 온몸을 다 기울여서라도 들으리라. 그리고 마음의 지옥에서 한 걸음씩 빠져나올 수 있게 함께 손을 잡고 천천히 걷고 싶다. 그들이 울면 울음을 보태고 작은 웃음이라도 되찾으면 웃음을 보태면서 그렇게 한 걸음씩 걸어야겠다.

나의 가엾은 두 손에게

—

열 손가락을 펴서 들여다본다. 제법 희고 고운 손이다. 험한 일 안 하고 편안히 살았을 듯한 생김새다. 하지만 이건 겉모습일 뿐. 손은 수명을 다했는데 교체시기를 넘겨 제 기능을 다하지 못하는 타이어 같다. 평생별 탈 없이 원하는 대로, 있는 줄도 모르게 움직여 주던 것이 이상 징후를 보이기 시작한 것이 언제부터였는지.

마치 시시포스가 산꼭대기로 바위를 밀어 올리듯 그렇게 끝도 없이 무거운 책들을 옮기며 살았다. 이런 운명은 초등학교의 어두컴컴했던 도서관에서 시작되었을까? 아니, 그보다 훨씬 이전, 삶의 시작점에서 대대로 이어져 온 유전자의 힘으로 핏속에 아로새겨졌는지 모르겠다. 학교 문턱에도 가 본 적이 없지만 늘 독특한 눈으로 세상을 바라본 이야기꾼 외할머니를 거쳐 나의 DNA에 와 닿은 것은 아닐까. 세상의 이야기들이 담긴 책을 좋아하다 보니 내 가방은 늘 커다랗고 무거웠다. 나는 운명처럼 독서 선생님이 되어서 겨울 양식용 도토리를 양 볼 가득 채우는 다람쥐처럼 책을 모으고 그 무게를 독서 교실로, 학원으로, 도서관으로 옮기며 살았다. 딸아이는 언제나 책이 주인인 내 차를 움직이는 사물함이라 불렀다. 이러니 시나브로 팔이 아파왔는데 좀 지나면 낫겠지 하며 견뎠다.

작년에 아이들을 데리고 독서 캠프를 가다가 차에서 넘어졌다. 정말 극적으로 굴러서 승강대까지 나뒹굴었는데 신기하게 다친 곳은 별로 없었다. 넘어진 것이 아이들이 아니라 나여서 그나마 다행이었다. 대수롭지 않게 여겼는데 불편해서 엑스레이를 찍으니 왼손 약지의 뼈에 작은 실금이 생겼다. 손가락 골절이라는 무시무시한 진단에도 크게 눈을 뜨고 보아야 보일 정도의 실금이었다. 금방 괜찮아지리란 생각과 달리 회복은 오래고 더뎠다. 벌써 1년이 지났지만 지금도 나의 왼손 약지는 제 기능을 다하지 못한다.

문제는 그것만이 아니었다. 무거운 책을 나르고 수많은 컴퓨터 문서 작업하느라 늘어진 손목인대가 터널 증후군으로 말썽이더니 급기야 오른손 중지에 심각한 신경통을 유발했다. 처음 의사로부터 신경통이란 말을 들었을 때의 당혹감은 고약했다. 어린 시절 할머니가 비 오기 전에 유달리 허리, 다리 아프다고 했던 그 노인병을 이젠 나도 피해 갈 수 없는 나이가 됐다는 자각이었다. 평생 몸의 일부를 세상에 내어주고 그 대가로 먹고 산다더니 지나온 시간의 흔적이 정직하게 손에 남은 셈이다. 바쁜 시간을 핑계로 미련하게 버티던 나는 급기야 양손 모두 꽉 주먹을 쥘 수 없는 지경에 이르렀다.

 퇴근 후 매일 더운 물에 손가락을 담가 조물거리고 마치 아기들이 소근육 운동을 하듯 '잠잠잠' 하며 쥐었다 편다. 하지만 이 정도로는 아픔이 가시지 않는다. 자다가 깨거나 아침에 일어날 때 가장 불편하다. 악력이 세어야 건강하고 오래 산다는데 손아귀 힘만으로 따지자면 중환자 같다. 하도 손에 힘이 주어지지 않아서 혹시 벼랑에서 떨어지면 운 좋게 나뭇가지를 잡아도 살아나지 못하겠다는 엉뚱한 상상을 하며 피식 웃기도 했다.

모든 것들이 제자리에 있을 때 그것을 정상이라 한다. 하지만 조금만 탈이 나도 그 정상이라 여겼던 것들, 있는지조차 모르고 썼던 몸의 기능들이 실은 엄청난 기적이었음을 안다. 어떻게 나의 두 손은 그토록 많은 것들을 꼭 움켜쥐고 있었을까. 주먹을 쥐는 것은 불편하고 힘든데 손을 펴는 것은 그나마 수월하다. 잡기는 어려워도 놓기는 수월해진 손의 기능을 보면 오랜 욕심에 지친 두 손이 이젠 그만 좀 움켜쥔 것을 놓아주라는 것 같다. 이젠 그만하면 됐으니 더 많이 움켜쥐려 하지 말고 손을 펴서 가진 것을 나누고 베풀라고 말하는 듯하다. 필요한 사람에게 주었더라면 유용하게 쓰였을 것들이 혹시 모를 미래의 쓸모를 대비해 쌓여 있는 사이 낡고 늙어갔다.

이제 나는 움켜쥐는 데 지친 내 가엾은 두 손에게 조금의 자유를 주려 한다. 좀 덜 소유하고 더 많이 나누며 병원에 갈 시간의 여유쯤은 넉넉히 가지리라. 가위 바위 보 게임을 할 때 아무리 주먹을 세게 움켜쥐어 비장하게 '바위'를 내밀어도 절대 손바닥을 쫙 편 '보'를 이길 수 없지 않나.